O conto do inverno

William Shakespeare

O CONTO DO INVERNO

Tradução, notas e bibliografia
José Roberto O'Shea
Universidade Federal de Santa Catarina

Introdução
Marlene Soares dos Santos

ILUMI/URAS

Título original
The winter's tale

Copyright © 2007 desta tradução
José Roberto O'Shea

Copyright © 2006 desta edição
Editora Iluminuras Ltda.

Capa
Michaella Pivetti

Revisão técnica
Aimara da Cunha Resende
Universidade do Estado de Minas Gerais
John Milton
Universidade de São Paulo
Márcia A.P. Martins
Pontifícia Universidade Católica do Rio de Janeiro

Revisão
Ariadne Escobar Branco

Dados Internacionais de Catalogação na Publicação (CIP)
(Câmara Brasileira do Livro, SP, Brasil)

Shakespeare, William, 1564-1616.
   O conto do inverno / William Shakespeare ;
tradução, notas e bibliografia José Roberto O'Shea ;
introdução Marlene Soares dos Santos — [1 reimp.]
São Paulo : Iluminuras, 2009.

   Título original: The winter's tale
   ISBN 978-85-7321-243-3

   1. Shakespeare, William, 1564-1616. O conto do
inverno - Crítica e interpretação 2. Teatro inglês
I. O'Shea, José Roberto. II. Santos, Marlene Soares dos.
III. Título.

06-1924   CDD-822.33

Índices para catálogo sistemático:
1. Shakespeare : Teatro : História e crítica : Literatura inglesa   822.33

2009
EDITORA ILUMINURAS LTDA.
Rua Inácio Pereira da Rocha, 389 - 05432-011 - São Paulo - SP - Brasil
Tel./Fax: (11)3031-6161
iluminuras@iluminuras.com.br
www.iluminuras.com.br

SUMÁRIO

INTRODUÇÃO 7
Marlene Soares dos Santos

"CONTA-NOS UM CONTO":
SHAKESPEARE EM TRADUÇÃO NO BRASIL 21
Marcia A.P. Martins

DESSACRALIZANDO O "VERBO" SHAKESPEARIANO:
TRADUÇÃO LINGÜÍSTICA E CULTURAL 29
José Roberto O'Shea

O CONTO DO INVERNO

Personagens 39

Ato 1 41
Ato 2 66
Ato 3 93
Ato 4 111
Ato 5 160

Bibliografia selecionada 187

INTRODUÇÃO

Marlene Soares dos Santos
Universidade Federal do Rio de Janeiro

"Vai melhor com o inverno um conto triste"

"Vejo uma peça,
E tenho meu papel a encenar"

Em *Bingo*, Edward Bond (1934-) dramatiza os últimos dias de William Shakespeare (1564-1616) na sua cidadezinha natal — Stratford-on-Avon. Na quarta cena, Ben Jonson (1572-1637) provoca o seu grande rival (1979:30): "Sobre o que mesmo era *O conto do inverno*?".[1] Shakespeare não responde. A pergunta e a falta de resposta fictícias são emblemáticas das preocupações de leitores, espectadores, estudiosos e críticos que, repetidamente, interrogam um texto sobre o qual o autor silenciou há quase 400 anos.

Estranha e complexa, a peça possui uma grande riqueza poética e uma teatralidade fascinante. O século XVIII tentou simplificá-la como *Florizel and Perdita* (1756)[2] para melhor compreendê-la; entretanto, os séculos subseqüentes, apesar de algumas críticas negativas, progressivamente se renderam ao seu mistério graças aos seus poderes de sedução — o da poesia e o da performance — tornando-a um dos mais populares componentes do cânone shakespeariano na atualidade.

---

1) Exceto nas citações ao *O conto do inverno*, as traduções constantes nesta Introdução são de minha autoria.
2) Adaptação do grande ator shakespeariano David Garrick (1717-1719) centrada principalmente nos dois últimos atos da peça.

O título

Aparentemente simples e despretensioso, o título sugere várias interpretações. Na Inglaterra seiscentista "conto de inverno" era equivalente a "conto de velhas comadres" ou "conto da carochinha", o tipo de narrativa que privilegia o maravilhoso e o sobrenatural, desfiada ao pé do fogo ou da lareira para fazer passar mais depressa as longas noites invernosas. Assim, o autor já estaria preparando o seu público para aceitar uma história plena de lances improváveis — "achas que isso é verdade?" (4.3) — motivando mais assombro do que credulidade (Holden: 276). Entretanto, o desenrolar da ação sugere uma outra possibilidade: no início do segundo ato, quando a rainha Hermione brinca com o filho e lhe pede uma história, Mamillius decide que "vai melhor com o inverno um conto triste". Ao intitular a sua obra *O conto do inverno* e não *Um conto do inverno*, Shakespeare estaria chamando a atenção para o conto do menino, sussurrado ao ouvido da mãe, como índice dos principais acontecimentos da peça que envolvem tristezas, alegrias melancólicas e o ciclo das estações do ano. Além disso, o enredo "é também um conto que é principalmente sobre o inverno, o inverno que Leontes cria dentro e fora de si" (Schanzer: 9). Ironicamente, a primeira grande vítima deste "inverno" é justamente o pequeno narrador, que morre no terceiro ato. A figura do Tempo, como Coro, que abre o quarto ato, apresenta-se como um outro narrador com o poder de manipular eventos. Ao se dirigir aos espectadores, ele resume o que já aconteceu, anuncia que a história sofrerá uma lacuna de 16 anos e mudará de localidade, e ainda propõe que esperem o desenrolar do "argumento do tempo", apropriando-se, assim, de *O conto do inverno*.

O texto

Apesar da complexidade da linguagem, o texto de *O conto do inverno* não oferece grandes problemas para os editores. Ao contrário de *Romeu e Julieta*, *Hamlet* e *Rei Lear* e quinze outras peças que possuem mais de uma versão, surgidas durante a vida e após a morte do poeta, *O conto do inverno* só foi publicada originalmente no *Primeiro Fólio* (1623), que reuniu trinta e seis peças (*Péricles* não foi incluída) da dramaturgia shakespeariana. Deve-se ressaltar a extraordinária importância desta publicação: graças a ela, das quarenta obras dramáticas atualmente aceitas como tendo sido total ou parcialmente escritas por Shakespeare,[3] dezoito foram resgatadas do esquecimento — entre elas, *O conto do inverno*.

Em geral, as datas das composições das peças shakespearianas são incertas; e quando há um longo período de tempo entre a encenação e a publicação, a data de composição é mais incerta ainda. Em 15 de maio de 1611, o médico e astrólogo inglês Simon Forman (1552-1611), que tinha o hábito de anotar as suas idas ao teatro, registrou que havia assistido a *O conto do inverno* no teatro Globe. Isto significa que se pode especular que a peça tenha sido escrita ou naquele mesmo ano, ou no ano anterior, ou ainda, que tenha sido iniciada em um ano e terminada em outro, sendo-lhe, portanto, atribuídas as datas 1610 e/ou 1611; raciocínio este que não exclui a possibilidade da sua composição ter acontecido até mais cedo, isto é, antes de 1610.

O CONTO DO INVERNO E A OBRA SHAKESPEARIANA

Além das quarenta peças, a obra shakespeariana compreende 154 sonetos, e cinco poemas narrativos e líricos; mas, apesar de o poeta apostar nos sonetos como passaporte para a imortalidade, como afirma em seus versos por diversas vezes, foi a sua dramaturgia que o eternizou. No "catálogo" ou sumário do *Primeiro Fólio*, encontramos as peças divididas em "comédias", "histórias" e "tragédias", trinta e cinco no total; apesar de constar do volume, *Troilo e Créssida* não se encontra listada.[4] As "comédias" são as mais numerosas (*A tempestade, Os dois cavalheiros de Verona, As alegres comadres de Windsor, Medida por medida, A comédia dos erros, Muito barulho por nada, Trabalhos de amor perdidos, Sonho de uma noite de verão, O mercador de Veneza, Como gostais, A megera domada, Tudo está bem quando termina bem, Noite de reis* e *O conto do inverno*) totalizando catorze ao todo. Como o conceito de gênero literário/dramático era muito flexível na época, nota-se que, enquanto as "histórias" compreendem apenas as dez peças inspiradas na história inglesa (*Rei João, Ricardo II, Henrique IV* (primeira parte), *Henrique IV* (segunda parte), *Henrique V, Henrique VI* (primeira parte), *Henrique VI* (segunda parte), *Henrique VI* (terceira parte), *Ricardo III* e *Henrique VIII*), as "tragédias" são

---

3) Além de *Péricles*, o atual cânone shakespeariano foi acrescido de *Os dois primos nobres / Os dois nobres parentes* e *Eduardo III*, escritas em colaboração com outros dramaturgos; alguns estudiosos também defendem o aumento do número de peças para quarenta com a inclusão de *Cardênio*, cujo manuscrito nunca foi encontrado.
4) Especula-se que, quando a autorização para publicar a peça foi conseguida, a primeira página — a do sumário — já teria sido impressa.

bem mais inclusivas, pois abrangem as quatro peças inspiradas na história de
Roma (*Coriolano, Tito Andrônico, Júlio Cesar* e *Antônio e Cleópatra*), as cinco
conhecidas tragédias (*Romeu e Julieta, Macbeth, Hamlet, Rei Lear* e *Otelo*) e,
ainda, *Cimbeline, Rei da Britânia* atualmente classificada como "comédia" ou,
principalmente, "romance".

Péricles, Cimbeline, O conto do inverno e *A tempestade*, escritas no final da
carreira de Shakespeare — as chamadas "tragicomédias", "últimas peças" ou
"últimas comédias" — foram denominadas "romances" pelo crítico vitoriano
Edward Dowden (1843-1913) no seu livro *Shakspere: a critical study of his mind
and art* (1875) "e desde então elas têm sido chamadas romances por quase todo
mundo" (Taylor: 173). Os fatos de serem reconhecidamente diferentes das peças
anteriores e semelhantes entre si por causa de suas origens na antiqüíssima
literatura romanesca (oral e escrita) consolidaram a categoria e a nomenclatura,
apesar de muitos críticos notarem afinidades entre as comédias românticas e
os romances, e alertarem para as distinções entre as quatro peças do grupo.
Para melhor compreendê-las, faz-se necessária uma breve incursão pelo gênero
literário que as inspirou.

Os romances medievais (geralmente em verso) e renascentistas (geralmente
em prosa) são originários dos que floresceram na Grécia nos séculos II e III d.C.
"Se o gênero literário do romance pode ser definido — ou descrito — não o é
por suas características formais. Talvez seja mais uma questão de certos motivos
recorrentes, e também de uma atitude reconhecível diante do assunto" (Wells,
1971: 117). Entre os vários motivos recorrentes encontram-se: heróis valentes
(cavaleiros e príncipes) e heroínas virtuosas (damas e princesas) sujeitos a toda
sorte de provações; amantes sofredores separados por incontáveis obstáculos;
viagens marcadas por aventuras inesperadas; lugares exóticos, desconhecidos da
geografia, remotos no tempo e no espaço; aves quiméricas e animais lendários,
habitantes de florestas misteriosas; seres sobrenaturais, representantes do Bem e
do Mal, com a função de facilitar ou dificultar os destinos dos seres humanos.
O mundo encantado dos romances é extremamente aberto a quaisquer
incidentes, episódios ou personagens, pois uma das principais características
dos relatos romanescos é o seu descompromisso com a realidade, a lógica e a
verossimilhança visto que eles se destinam primordialmente à imaginação. A
fruição completa destas obras só acontece quando o leitor se envolve com as
peripécias do enredo, pasmo de assombro e tenso com antecipação, lendo por
puro prazer como as crianças (Wells, 1971: 124).

Os romances shakespearianos — *Péricles, Cimbeline, O conto do inverno* e
A tempestade — apresentam protagonistas maduros com passados dolorosos:

além de separações familiares, todos, com exceção de Próspero (*A tempestade*), perderam crianças em tenra idade para serem recuperadas somente quando adultas. As filhas — Marina (*Péricles*), Imogênia (*Cimbeline*), Perdita (*O conto do inverno*) e Miranda (*A tempestade*) — são protótipos de virtude, vitoriosas no amor após a superação de dificuldades, e contribuem decisivamente para a felicidade final dos pais. Há viagens acidentadas, naufrágios (menos em *Cimbeline*), mortes falsas e ressurreições aparentes, reuniões e reconciliações de famílias, reconhecimentos de filhas e filhos dados como mortos ou desaparecidos. As tramas se desenvolvem em lugares fabulosos e distantes, em geral através de um longo período de tempo (excetuando-se *A tempestade*), e contam com a presença de divindades — Diana em *Péricles*, Júpiter em *Cimbeline*, Apolo em *O conto do inverno*, mais Iris, Ceres e Juno em *A tempestade*. Além de compartilharem estes componentes narrativos, os romances também ostentam uma teatralidade requintada e ousada, arquiteta dos *coups-de-théâtre* mais merecidamente famosos da dramaturgia shakespeariana. As explorações temático-formais destas peças são atribuídas aos novos momentos vivenciados pela Inglaterra em geral e pela companhia de Shakespeare em particular durante os primórdios do reinado de Jaime I (1603-1625) — a era jaimesca.

A Inglaterra jaimesca

Em 1603, aos 70 anos, falecia Elisabete I, após um reinado de 45 anos (1558-1603). Com a sua morte se encerrava o período mais brilhante da dinastia dos Tudors, que havia dominado a Inglaterra desde o final do século XV com a ascensão de Henrique VII ao trono (1485), e durante todo o século XVI com Henrique VIII, Eduardo VI, Maria I e Elisabete I sucessivamente. Filha de Henrique VIII, Elisabete I herdou um país endividado e dividido não só pelas lutas pelo poder mas, também, pelas dissensões entre anglicanos, católicos e protestantes. Com argúcia, inteligência e sabedoria, ela conseguiu se sobrepor às facções políticas e religiosas, convertendo o que era considerado um grande defeito na época — o fato de o monarca ser uma mulher — em um grande trunfo nos jogos diplomáticos tanto nacionais como internacionais. Elisabete conseguiu livrar o país de guerras e aproveitou os tempos de paz para transformar a sua pequena ilha em uma grande potência respeitada em toda a Europa. Entretanto, a partir de 1590, os problemas começaram a surgir — inflação crescente, decadência da agricultura, empobrecimento da população, agravamento de antigas questões políticas e religiosas — e a rainha, idosa e frágil, já não conseguia impor-se como antes. Elisabete não deixando descendentes, a coroa inglesa iria para o seu afilhado e parente distante, Jaime VI da Escócia, que se tornaria Jaime I da Inglaterra e cuja mãe, Maria Stuart, havia sido condenada à morte pela própria Elisabete, sendo decapitada em 1587. Com a dinastia dos Stuarts se instalando no trono inglês, o rei escocês inaugura a era jaimesca.

Apesar de Jaime I encontrar uma Inglaterra assolada por problemas sócio-econômicos, comparada com a sua pobre e conturbada Escócia natal, o novo reino se apresentava aos seus olhos como próspero e estável. Excetuando-se as aptidões intelectuais e o propósito de manter o país em paz, o rei atual em nada se parecia com a velha rainha. De aparência e modos pouco aristocráticos, com problemas de fala, resistente às aparições em público, avesso às multidões, abertamente contrário ao Parlamento e partidário intransigente do absolutismo monárquico, Jaime I em pouco tempo frustrou as esperanças depositadas nele pelos ingleses.

A corte jaimesca também pouco se assemelhava à elisabetana: havia uma família com crianças,[5] um outro sotaque trazido pelos escoceses, um aumento considerável de nobres devido aos títulos distribuídos pela generosidade real, extravagâncias financeiras que, paulatinamente, dilapidavam o tesouro, além de uma crescente reputação de decadência de costumes e lassidão moral. A popularidade do rei decrescia a cada ano do seu reinado à medida que cresciam os escândalos protagonizados por ele e pela sua corte. Entretanto, foi nesse mesmo reinado que se publicaram as duas obras maiores das literaturas de língua inglesa em prosa e em verso: a *Bíblia* (1611) na nova versão autorizada e o *Primeiro Fólio* (1623) da dramaturgia shakespeariana.

O CONTEXTO TEATRAL

Se a Inglaterra jaimesca declinara em muitos aspectos, o teatro, entretanto, estava no auge do seu prestígio e assim continuaria por muito tempo no reinado de Jaime I. Consciente da influência do teatro para a manutenção de uma monarquia absolutista, o monarca, logo que chegou a Londres, determinou que as diversas trupes tivessem o patrocínio da Coroa. A trupe de Shakespeare — talvez por ser a mais importante — passou a ser a Companhia do Rei, coexistindo com as Companhias do Príncipe Henrique, da Rainha Ana, da Princesa Elisabete e do Príncipe Carlos. "De 1603-04 em diante, todas as companhias teatrais licenciadas

---

5) Jaime I era casado com Ana, filha do rei da Dinamarca. De uma prole de sete filhos, só três sobreviveram: Henrique, que morreria em 1612; Carlos, mais tarde, Carlos I; e Elisabete, futura rainha da Boêmia.

para representar em Londres ou na corte eram patrocinadas por um dos membros da família real. O estado exercia, assim, um controle total sobre o teatro" (Kernan: 9).

Tanta dependência do poder estatal não parece ter diminuído a energia criativa dos dramaturgos apesar de problemas intermitentes com a censura. Shakespeare já havia escrito *Hamlet* (1600-1601), mas escreveria as outras grandes tragédias — *Otelo, Rei Lear, Macbeth, Antônio e Cleópatra* e *Coriolano* — na era jaimesca. Nesta época surgiu a comédia denominada "*city comedy*" (comédia citadina) que tem como cenário a capital — Londres — e seus habitantes como protagonistas. Surgiu, também, o gênero do romance/tragicomédia popularizado por Shakespeare e outros importantes autores como Francis Beaumont (1584-1616) e John Fletcher (1579-1625). Ao mesmo tempo, se desenvolveu um novo tipo de arte teatral — as chamadas "*masques*" (máscaras/mascaradas) — ricos espetáculos alegóricos representados pela e para a corte, com o objetivo de enaltecer a monarquia, produzidos pelos talentos do poeta/dramaturgo Ben Jonson e do arquiteto/cenógrafo Inigo Jones (1573-1652). Com as constantes visitas de Shakespeare à corte, as influências das máscaras/mascaradas não tardaram em aparecer nos seus romances: por exemplo, na cena em que as deusas Iris, Juno e Ceres abençoam o noivado dos jovens em *A tempestade*, oferecendo-lhes um bailado com ceifeiros e ninfas (4.1), e na dança dos doze sátiros na festa da tosquia em *O conto do inverno* (4.4).

Com o sucesso que lhe proporcionava o seu dramaturgo principal e com as freqüentes representações na corte, a companhia a qual Shakespeare pertencia e da qual era um dos principais acionistas prosperou a ponto de poder ocupar um segundo teatro.[6] Assim, a partir de 1609, a Companhia do Rei se apresentava no teatro aberto do subúrbio — o Globe — nos meses de verão, e no teatro coberto do centro da cidade — o Blackfriars — nos meses de inverno. O repertório era o mesmo para ambos; entretanto, o teatro urbano (um antigo convento dominicano) por ser bem menor e iluminado à luz de velas era mais caro e, conseqüentemente, mais elitizado. As diferenças arquitetônicas também determinavam mudanças nas representações: o uso de instrumentos musicais mais suaves para o Blackfriars, por ser um pequeno recinto fechado, e a necessidade de intervalos, preenchidos com música e dança, para a troca das velas. Esta prática acabou por influir na estrutura das peças que, ao contrário do que ocorria anteriormente, passaram a ser divididas em atos (Gurr: 160; Bate: 68).

---

6) Na verdade, o Blackfriars pertencia à companhia desde 1596, quando uma parte do antigo convento dominicano foi comprada pelo fundador da trupe, James Burbage. Entretanto, os residentes das áreas vizinhas, contrários à instalação do teatro, sempre conseguiram impedir a sua utilização através de petições judiciais (Gurr: 143-44).

A prosperidade e o prestígio da Companhia do Rei são emblemáticos desta fase áurea do teatro inglês, atestada pelo fato de que Shakespeare, mais conhecido como "dramaturgo elisabetano", ter escrito a maioria das suas grandes peças na era jaimesca.

O ENREDO E AS FONTES

A escritura dramática de Shakespeare é construída com base em suas muitas leituras. Para o enredo de *O conto do inverno* ele utilizou principalmente o popular romance em prosa *Pandosto: the triumph of time*, com o subtítulo *The history of Dorastus and Fawnia* (1588), escrito por Robert Greene (1558-1592).

Pandosto fornece o fio condutor dos três primeiros atos da peça: a história de dois reis, amigos de infância, cujos ciúmes infundados de um causam a fuga do outro, as mortes do filho e da esposa, e o desaparecimento da filha recém-nascida; o oráculo de Apolo inocenta a rainha e o amigo acusados de adultério, provocando o remorso e o sofrimento do culpado. Estes acontecimentos merecem bem mais atenção na peça (a metade) do que no romance (um terço) visto que este se concentra no amor do jovem casal Dorastus e Fawnia. Nos quarto e quinto atos, Shakespeare se afasta da sua fonte principal, valendo-se de fontes secundárias para desenvolver o enredo: ele recorre ao mesmo Greene com os seus relatos sobre o submundo londrino, como *The art of cony-catching* (1592), para criar a figura do vigarista Autólico, e à história de Pigmalião em *As metamorfoses* de Ovídio (43 a.C.-18 d.C.), como inspiração para a cena da estátua de Hermione.

Shakespeare se apropria livremente das suas fontes e faz mudanças, tais como os nomes dos reis — Pandosto se torna Leontes, e Egisto, Políxenes — e das localidades — ao contrário do romance, o reino de Leontes passa a ser a Sicília e o de Políxenes, a Boêmia; e enquanto Greene responsabiliza a Fortuna / o Destino pelos acontecimentos, Shakespeare minimiza esta responsabilidade e aumenta a das suas figuras dramáticas. Ele acrescenta personagens como Paulina, Antígono, Autólico, Camponês, Mopsa, Dorcas e o Tempo, e eventos como a visão de Antígono, o naufrágio, a perseguição pelo urso, a festa da tosquia e a "ressurreição" de Hermione. E ele também suprime fatos importantes: enquanto Greene atribui motivos a Pandosto para as suas suspeitas, Shakespeare os remove para que o ciúme de Leontes seja repentino e inexplicável; a tentativa de incesto de Pandosto, a sua crueldade com os jovens amantes, assim como o seu suicídio, são igualmente suprimidos em favor de uma múltipla reunião final com um clima de perdão e reconciliação perpassado de melancolia.

A ESTRUTURA

As duas partes da história de *Pandosto* — a primeira focalizando o pai e a segunda, a filha — sugeriram a estrutura da adaptação teatral de Shakespeare. *O conto do inverno*, queixa-se o ator Bert Lahr (1895-1967) em *Hamlet's dresser* (Smith: 233), "é realmente duas peças... É uma tragédia; então, de repente, é uma comédia". Para os críticos, entretanto, *O conto do inverno* é uma tragicomédia uma vez que esta "não é nunca uma mistura arbitrária de tragédia e comédia..., mas uma combinação de elementos dramáticos tradicionalmente trágicos e cômicos com objetivos e efeitos específicos" (Dutton: 15).

Shakespeare narra nos três primeiros atos da peça a história de Leontes e Hermione na Sicília e, nos últimos dois, a de Florizel e Perdita na Boêmia, as duas devidamente separadas por uma tempestade e pela presença do Tempo. A primeira narrativa se passa nos interiores palacianos, em uma atmosfera sombria e claustrofóbica, marcada pelo inverno e pelas mortes de Mamillius e de Hermione; a segunda acontece predominantemente em ambientes abertos, em clima de humor e festa, privilegiada pela primavera e pela paixão dos jovens. Vale ressaltar, contudo, que a Boêmia já aparece na última cena do terceiro ato e não é tão diferente da Sicília como se poderia supor: é lá que Antígono, após depositar a filha de Leontes e Hermione (Perdita) na praia, é morto por um urso e os marinheiros se afogam por causa da tempestade; também é lá que Políxenes, furioso com o amor do filho pela pastora, ameaça o seu pai (Velho Pastor) com a forca, e Perdita com tortura e morte. No quinto ato a ação se transporta novamente para a Sicília, em uma outra estação do ano — Leontes saúda Florizel: "Bem-vindo, como à terra a primavera" (5.1) — onde as duas histórias convergem com as suas alegrias e tristezas, evidenciando a forma circular da estrutura e caracterizando *O conto do inverno* como tragicomédia.

AS PERSONAGENS

Camilo, um nobre da corte da Sicília e que passa a pertencer à da Boêmia, é o elo entre as histórias de Leontes e Perdita. Ele e os outros cortesãos acreditam que o adultério da rainha procede da "delirante fantasia" (2.3) do rei, e que este, ao ironizar a declaração de inocência dela — "Vossos atos, são eles os meus sonhos" (3.2) — não percebe que está falando a verdade. Camilo, Antígono e Paulina, por fidelidade à Hermione e às suas consciências, sofrem, respectivamente, o exílio, a morte e a viuvez.

Ao contrário de Póstumo em *Cimbeline* e do protagonista de *Otelo*, não há nem um Giácomo nem um Iago para implantar e alimentar as suspeitas em Leontes com provas falsas. Desta maneira, Shakespeare faz com que recaia sobre Leontes a responsabilidade pelos males que o acometem, e invadem a sua corte e o seu reino. Entretanto, esta responsabilidade é amainada pelo fato de que o ciúme repentino e avassalador que o domina é apresentado como uma "doença" (1.2); ele mesmo reconhece que ela lhe "infecta o cérebro", mas recusa o conselho de Camilo — "Senhor, curai-vos da idéia infecciosa; / E logo; é um perigo" (1.2). A idéia da doença reaparece no final quando, ao receber Florizel na Sicília, o rei deseja "Que os bons deuses / Livrem nossa atmosfera de infecções" (5.1). O ciúme de Leontes é tão realisticamente retratado que o famoso dramaturgo Bernard Shaw (1856-1950), em carta à grande atriz Ellen Terry (1848-1928), dizia-lhe que o papel de Leontes valia cinqüenta Otelos (Muir, 1968/2001: 19). Mas a tragédia nega a Otelo o que a tragicomédia dá a Leontes: uma segunda chance. Sinceramente arrependido e tendo expiado suas culpas, ele faz por merecer a reconciliação com a esposa, a filha e o amigo.

Hermione é forte presença dramática apesar de circunscrita a uma parte relativamente pequena do enredo. Ela é a figura central das duas grandes cenas da peça — a do julgamento (3.1) e a da estátua (5.2). No início, alegre e espirituosa como algumas heroínas das comédias românticas shakespearianas, ela vai mudando de acordo com o seu crescente sofrimento; quando formalmente acusada de adultério com Políxenes e conspiração contra Leontes, ela se defende de maneira eloqüente e digna no tribunal. Após a sua suposta morte, ela desaparece e permanece calada por dezesseis anos, só reaparecendo na cena final quando pronuncia umas poucas palavras. Embora ausente, ela continua presente durante toda a peça: no sonho de Antígono, nas lembranças recorrentes de Paulina e na beleza de Perdita. Quando ela aparece a Antígono — "... Em vestes brancas / A própria santidade" (3.3) — e lhe dá instruções sobre a sua filha, "a mãe morta santificada ganha poder e status míticos" (Neely: 198). A divinização de Hermione, além desses traços míticos, também ganha contornos cristãos na última cena em que a sua "estátua" é guardada não em uma galeria de arte mas em uma capela como se fosse uma santa. Assim como Leontes, Hermione possui uma grande presença cênica devido à riqueza de sua caracterização.

Paulina "é a mais poderosa voz moral na peça" (Orgel: 36). Possuidora de caráter e personalidade fortes, ela defende Hermione com palavras ousadas chamando o rei de "louco" e repreendendo os nobres que o obedecem — "Vós que sois tão lenientes co'a loucura / Jamais lhe fareis bem, ..." (2.3). Ela retira da prisão a recém-nascida filha de Leontes e tenta, em vão, fazer com que ele se enterneça ao vê-la; como conseqüência, Antígono, seu marido, é encarregado de dar fim à criança e morre tragicamente. Paulina é fundamental no processo de penitência e purificação de Leontes, tornando-se uma conselheira ora severa ora compreensiva. Ela também se torna responsável pelo maior acontecimento na trama de *O conto do inverno*: a falsa morte e a ressurreição de Hermione. A exemplo de Camilo que planeja a fuga de Políxenes e, dezesseis anos depois, a fuga do filho deste (Florizel), Paulina foi inventada com funções dramáticas específicas nas duas histórias para uni-las.

Autólico, uma das grandes criações cômicas shakespearianas, é, sem dúvida, a maior figura da segunda parte de *O conto do inverno*. Esta peça, que se passa em tempos indefinidos e espaços longínquos, é invadida pela contemporaneidade da era jaimesca representada pelo vigarista. Apesar de suas profissões não serem ilegais, os funileiros e os mascates não eram bem-vistos pelo povo uma vez que a maioria deles as utilizava, como o faz Autólico, para dar golpes e cometer furtos (Salgado: 130). Com os seus disfarces, performances, canções, verve cômica e confidências ao público, este malandro simpático obscurece o lado perverso da sua personalidade — desdém por quem ele engana e rouba: "Como é tola a honestidade!" (2.4). Na prática de suas trapaças, ele contribui involuntariamente para o reconhecimento de Perdita como princesa da Sicília.

As demais personagens, como por exemplo, Políxenes, Florizel e Perdita, obedecem às convenções romanescas, sendo psicologicamente rasas e de comportamento previsível.

A TEATRALIDADE

Os romances se destacam na dramaturgia shakespeariana pela sua rica teatralidade, sendo *O conto do inverno*, nesse sentido, o seu expoente maior. É relevante observar que, aqui, essa teatralidade se intensifica até alcançar o clímax: o retorno de Hermione à vida.

As ações de grande impacto que acontecem no terceiro ato são marcadas por conseqüências trágicas. No tribunal, a rainha, "Posta em cena, a atrair espectadores", se defende altivamente de acusações que ela não entende: "Meu senhor, / Um idioma falais que desconheço" (3.2). Absolvida pelo oráculo de Apolo — desafiado por Leontes — Hermione sabe da morte do filho, desfalece e, aparentemente, morre. A tempestade, que causa o naufrágio do navio com os marujos, se faz presente através de ruídos — trovoadas e gritos — pressagiando a morte de Antígono que, segundo a mais famosa rubrica shakespeariana, "Sai, perseguido por um urso" (3.3). É uma cena difícil para os diretores evitarem os riscos que, geralmente, são provocados pelo ator fugindo do "animal".

O Tempo, como Coro, "caracterizado como um ancião alado, trazendo nas mãos uma ampulheta" (4. nota 2), abre o quarto ato. Esta personificação de um conceito tão importante para a peça, e que fala diretamente aos espectadores pedindo a sua cumplicidade para o bom desenrolar do enredo, é uma grande presença cênica que anuncia os novos protagonistas de uma nova história — Florizel e Perdita — que irão aparecer na festa da tosquia. Esta é de uma exuberante teatralidade permeada por música: canções, baladas, danças e até uma máscara/mascarada. Os disfarces de alguns personagens — Autólico, Políxenes, Camilo e Florizel — e os diferentes papéis que representam acentuam os efeitos teatrais de uma das mais longas cenas da dramaturgia shakespeariana.

No quinto ato, a trama exige duas cenas de reconhecimento: a de Perdita com Leontes, através do Velho Pastor e dos objetos que a identificam, e a de Hermione com Leontes e Perdita. Para concentrar todo o impacto emocional na segunda, Shakespeare faz com que a primeira aconteça fora do palco — "um espetáculo digno de ser assistido, indescritível" (5.2) — e seja, ironicamente, contada por três cavalheiros desconhecidos criados especialmente para isso. Já a segunda, "uma das mais audaciosas e belas cenas em Shakespeare" (Kermode: 283), é representada com todo o requinte, tendo Paulina como mestre-de-cerimônias dosando o suspense e a emoção até que a estátua, ao som de música, desça do seu pedestal, abrace Leontes e abençoe Perdita (5.3). Tendo escondido de todos — personagens, leitores e espectadores — que Hermione estava viva, apesar de alguns indícios no texto que passam despercebidos pela insistência com que Paulina fala da morte da rainha, o dramaturgo usa a surpresa como estratégia para maravilhar ainda mais os leitores/espectadores. Por mais inacreditável que seja, a performance da cena da estátua nunca deixa de comover, mesmo àqueles que já viram a peça outras vezes. Apesar de o final não ser exatamente feliz, pois o inverno deixou seqüelas — Mamillius, Antígono e os marinheiros morreram, Camilo se exilou, Leontes padeceu remorsos, Paulina amargou a viuvez e criou as três filhas sem o pai, Hermione ficou separada da filha e do marido por dezesseis anos — a teatralidade da última cena transmite conforto para o outono dos mais velhos e esperança para a primavera dos jovens.

A metaficção e o metateatro

As duas epígrafes deste ensaio apontam para o caráter essencialmente ficcional de *O conto do inverno* apesar dos laivos realistas em algumas ações cênicas e na caracterização das personagens principais. E, o mais interessante, é que "Shakespeare parece estar chamando a nossa atenção para a incredibilidade de sua história" (Frye: 340).

A começar pelo título, leitores/espectadores são informados de que estão diante de um conto e, no seu decorrer, são constantemente lembrados de que o que estão lendo/assistindo é um "velho conto". O próprio Tempo (já apresentado como narrador) reforça a metaficção quando promete "Como esse conto, tudo embaçarei" (4.1). Para a adaptação teatral de um romance pleno de acontecimentos como *Pandosto*, Shakespeare se utiliza da narrativa como ferramenta cênica para condensar o enredo. Ele inclui uma série de pequenos relatos sobre a infância de Leontes e Políxenes, a visita ao oráculo de Apolo em Delfos, o sonho de Antígono, a morte deste e dos marujos, culminando com o relato maior da cena de reconhecimento de Perdita como filha de Leontes. E como se o âmbito do conto não pudesse comportar "tantas coisas espantosas", o Segundo Cavalheiro se vale de um outro — o das canções populares com os seus conteúdos fantasiosos de mulheres que dão à luz sacos de dinheiro e peixes que cantam — afirmando que "os compositores de baladas não serão capazes de expressá-las" (5.2).

As metáforas teatrais recorrentes na obra shakespeariana se avolumam em *O conto do inverno* e sublinham a inverossimilhança da trama. No início, Leontes reclama do seu "papel infame" (1.2); Perdita se acha "um personagem" e vê "uma peça" onde tem um "papel a encenar"; Camilo pede a Florizel para representar uma cena como se "fosse a minha" (4.2); e, no final, Leontes se presume "neste palco / Onde nós, transgressores, trabalhamos" (5.1). A figura do Tempo intensifica a inverdade da(s) história(s), com as suas indicações espaço-temporais de estar "na Boêmia" e de "pular dezesseis anos", enquanto solicita a imaginação do público como "coadjuvante do irreal" (2.1) para a construção do resto da peça — "Imaginai, gentis espectadores" (4.1). Deve-se salientar que, na penúltima cena (a da descoberta de Perdita como a princesa desaparecida), quando o Primeiro Cavalheiro interrompe a narrativa de um dos interlocutores para comentar que "a grandeza dessa cena era digna de uma audiência de reis e príncipes, pois por reis e príncipes foi encenada", a metaficção e o metateatro coalescem.

O romance, o conto e a balada são componentes integrais do enredo e da estrutura de uma peça que, intencionalmente, revela a sua natureza lúdica, artificial e inverossímil. E para apreciá-la condignamente basta adotar a estratégia preconizada pelo grande poeta romântico Samuel Taylor Coleridge (1772-1834), a de "*willing suspension of disbelief*" (suspensão voluntária da incredulidade). De posse desta estratégia, pode-se retomar a pergunta de Jonson imaginada por Bond — "Sobre o que mesmo era *O conto do inverno?*", e arriscar mais uma tentativa de resposta: "sobre o universo da ficção".

REFERÊNCIAS BIBLIOGRÁFICAS

BATE, Jonathan. *The genius of Shakespeare.* London: Picador, 1998.
BOND, Edward. *Bingo.* London: Eyre Methuen, 1979.
DUTTON, Richard. *Modern tragicomedy and the British tradition.* Brighton, Sussex: The Harvester Press, 1986.
FRYE, Northrop. "Recognition in *The winter's tale.*" *Shakespeare's later comedies: an anthology of modern criticism,* D.J. Palmer (ed.). Harmondsworth: Penguin Books, 1971, pp. 332-45.
GURR, Andrew. *The shakespearean stage, 1574-1642.* Cambridge: Cambridge University Press, 1980.
HOLDEN, Anthony. *William Shakespeare: his life and work.* London: Abacus, 2000.
KERMODE, Frank. *Shakespeare's language.* Harmondsworth: Penguin Books, 2000.
KERNAN, Alvin. *Shakespeare, the king's playwright: theater in the Stuart Court 1603-1613.* New Haven and London: Yale University Press, 1995.
MUIR, Kenneth. *The sources of Shakespeare's plays.* London: Methuen, 1977.
─────── (ed.) (1968). *Shakespeare:* The winter's tale. *A casebook.* London: Macmillan, 2001.
NEELY, Carol Thomas. *Broken nuptials in Shakespeare's plays.* Urbana, Chicago: The University of Illinois Press, 1985.
PALMER, D.J. (ed.). *Shakespeare's later comedies: an anthology of modern criticism.* Harmondsworth: Penguin Books, 1971.
PAVIS, Patrice. *Dicionário de teatro.* J. Guinsburg e Maria Lúcia Pereira (trads.). São Paulo: Perspectiva, 1999.
PETTET, E.C. *Shakespeare and the romance tradition.* London: Methuen, 1970.
RYAN, Kiernan (ed.). *Shakespeare: the last plays.* Longman Critical Readers. London and New York: Longman, 1999.
SALGÂDO, Gâmini (1977). *The elizabethan underworld.* Stroud, Gloucestershire: Sutton Publishing, 1995.
SCRAGG, Leah. *Shakespeare's mouldy tales: recurrent plot motifs in shakespearian drama.* London and New York: Longman, 1992.
SHAKESPEARE, William. *The winter's tale,* Ernest Schanzer (ed.). New Penguin Shakespeare. Harmondsworth: Penguin Books, 1975.
───────. *The winter's tale.* The Oxford Shakespeare. Stephen Orgel (ed.). Oxford: Oxford University Press, 1998.
SMITH, Bob. *Hamlet's dresser.* London: Pocket Books, 2003.
TAYLOR, Gary. *Reinventing Shakespeare: a cultural history from the restoration to the present.* London: The Hogarth Press, 1990.
WELLS, Stanley. "Shakespeare and romance." *Shakespeare's later comedies: an anthology of modern criticism,* D.J. Palmer (ed.). Harmondsworth: Penguin Books, 1971, pp. 117-42.
───────. *Shakespeare: an illustrated dictionary.* Revised Edition. Oxford: Oxford University Press, 1985.

"CONTA-NOS UM CONTO":
SHAKESPEARE EM TRADUÇÃO NO BRASIL

Marcia A.P. Martins
Pontifícia Universidade Católica do Rio de Janeiro

Vive-se, hoje, uma verdadeira apoteose de Shakespeare, cuja obra lhe rendeu um lugar de destaque entre os clássicos da cultura ocidental. Suas peças têm sido sistematicamente relidas e reinterpretadas à luz de novas teorias, como, por exemplo, o marxismo, a psicanálise, o pós-colonialismo e os estudos femininos. A variedade de traduções e montagens teatrais tem sido imensa, incluindo até peças que ficaram séculos no ostracismo. Igualmente numerosas e variadas têm sido as reescrituras para outros meios, como ópera, balé, música e, principalmente, cinema. Como se não bastasse, muitas temáticas e expressões criadas pelo autor inglês permeiam o nosso imaginário e o nosso dia-a-dia, enquanto seus personagens assumem status de verdadeiros arquétipos, como é Otelo em relação ao ciúme e Macbeth, à ambição, sem falar no edipiano Hamlet.

No auge da popularidade, colocado pelo crítico norte-americano Harold Bloom no centro do cânone ocidental, como aponta José Roberto O'Shea em seu ensaio neste volume, Shakespeare tem sido presença certa nas avaliações do final de milênio: em 1999, foi eleito por cerca de 45 mil ouvintes da BBC a personalidade britânica dos últimos mil anos. Na relação feita por Michael J. Hart (2001) sobre as 100 maiores personalidades da história, ocupa o 31º lugar (embora com o nome de Edward de Vere, conde de Oxford, considerado por alguns o verdadeiro autor das peças atribuídas a Shakespeare), além de ter a coleção de suas obras completas, o famoso *Fólio* de 1623, apontada como um dos 100 livros que mais influenciaram a humanidade, na seleção de Martin Seymour-Smith (2002).

Ocorre, no entanto, que esse lugar central da obra do Bardo só veio a se consolidar efetivamente a partir do século XVIII. Até então, embora seu sucesso como dramaturgo tivesse contribuído para alimentar o interesse por suas peças mesmo depois do fim do período elisabetano-jaimesco, os eruditos e poetas que o sucederam eram bastante rigorosos em suas críticas: quando não o "melhoravam", como John Dryden, poeta e crítico inglês do século XVII, por identificar em suas peças inúmeras falhas de construção, linguagem e gosto, consideravam-no um "bárbaro", como fez o francês Voltaire, escritor iluminista comprometido com os padrões clássicos, tão desrespeitados por Shakespeare.

Foi junto com as primeiras manifestações do movimento romântico, na esteira de uma reação à tradição neoclássica francesa, que o Shakespeare elisabetano começou a ser traduzido, difundido e encenado, servindo de inspiração para obras nacionais em vários países e até mesmo contribuindo para a formação de literaturas ocidentais, como ocorreu na Alemanha. Desde então, a disseminação da obra shakespeariana só fez crescer, alimentando a lucrativa "indústria Shakespeare", que se irradia a partir de Stratford-upon-Avon e não se restringe ao chamado mundo ocidental: vale dizer que existe, em Tóquio, uma réplica do Teatro Globe, destinada à apresentação de peças do Bardo.

As primeiras traduções de obras de Shakespeare para outras línguas contemplavam apenas fragmentos de peças, principalmente durante o século XVII. Somente a partir do século seguinte tiveram início as traduções de textos integrais, que se tratavam, na verdade, de retraduções, basicamente do francês. Dessa forma, o Shakespeare que chegou às outras culturas não foi o "elisabetano", à medida que sofreu muitas alterações de modo a adaptar-se à poética vigente nos sistemas receptores. Os tradutores que "neoclassicizaram" ou "romantizaram" Shakespeare não o fizeram inspirados por preferências idiossincráticas, mas sim pela percepção de que só assim atingiriam os leitores/espectadores. O público não estava preparado para outro Shakespeare; se não houvesse uma compatibilização entre o material importado e o gosto local, o poeta inglês não teria sido apreciado naquele momento.

No Brasil, as obras de Shakespeare também foram introduzidas de maneira indireta, por meio de traduções de textos vertidos anteriormente para o francês. Algumas dessas versões brasileiras foram encomendadas pela companhia teatral de João Caetano, o ator-empresário que dominou o teatro brasileiro ao longo de três décadas (1835-1863) e que parecia muito apreciar as adaptações do francês Jean-François Ducis, que alteravam o enredo e a estrutura das peças, inspirando-se nas tragédias clássicas.

Em 1835, Caetano encenou seu primeiro *Hamlet* de acordo com o original inglês, em tradução de Oliveira Silva. O público, no entanto, achou esta versão sombria, levando o ator e empresário a adotar, em 1840, a imitação de Ducis, obtendo grande sucesso comercial e o repúdio de poetas e escritores como Gonçalves Dias, Álvares de Azevedo, Machado de Assis e Joaquim Nabuco (Gomes, 1960: 238). Certamente foi essa boa acolhida que estimulou João Caetano a encenar *Otelo* e *Macbeth* também com base em traduções anteriores de Ducis. Ainda no século XIX, surgiram traduções de fragmentos e trechos esparsos por poetas e escritores. Bilac, por exemplo, traduziu trechos de *Hamlet*, *Lear*, *Otelo*, *Romeu e Julieta* e o solilóquio "To be, or not to be", como também fizeram Francisco Otaviano e Machado de Assis.

Ao chegar no século XX, a poesia dramática de Shakespeare, já com mais de três séculos de existência, continuou a demonstrar excepcional vigor, a julgar pelas inúmeras traduções publicadas nas mais variadas línguas, em um ritmo cada vez mais intenso. No Brasil não foi diferente: depois de um início tímido, o teatro shakespeariano começou a atrair cada vez mais a atenção de poetas, escritores, intelectuais, tradutores profissionais e editores, todos interessados em traduzir e publicar os sucessos do Bardo. A primeira tradução brasileira a ser publicada de uma versão integral, em inglês, de uma peça do cânone shakespeariano foi o *Hamlet* do jurista e poeta Tristão da Cunha, em edição de 1933, que veio somar-se às traduções de trechos esparsos e às produzidas em Portugal que circulavam no Brasil. O sotaque desse primeiro *Hamlet* brasileiro revelava uma prosa de tendência arcaizante, justificada em nome de uma preocupação em ser fiel ao autor e do desejo de "evocar a atmosfera da época", como confessa o próprio tradutor no prefácio da edição da Schmidt.

Pouco tempo depois, foram publicadas outras três traduções: *A megera domada* (1936), e *O mercador de Veneza* (1937), por Berenice Xavier, e *Romeu e Julieta*, traduzida em verso pelo prestigiado poeta Onestaldo de Pennafort. Tanto a tradução de Tristão da Cunha quanto a de Pennafort foram usadas no palco, em produções muito bem-sucedidas. É interessante notar que o *Hamlet* de Cunha foi publicado em 1933 e encenado somente em 1948, enquanto a tradução de *Romeu e Julieta* foi feita por Pennafort em 1937, levada ao palco em 1938 pelo recém-fundado Teatro do Estudante do Brasil, de Paschoal Carlos Magno, e publicada dois anos depois. As traduções de Berenice Xavier, por sua vez, são bastante "invisíveis": é raro fazerem parte do acervo de grandes bibliotecas e também não são mencionadas por comentaristas e críticos literários.

Já na década seguinte, quando o meio literário (particularmente o da poesia) viu surgir, como resposta ao modernismo inaugurado em 1922, a geração de 45, de inspiração parnasiana, a coleção Clássicos Jackson publicou, em 1948, a tradução de *Macbeth* pelo poeta baiano Artur de Sales, juntamente com o *Rei Lear* de J. Costa Neves. Na tradução de Sales, os pentâmetros iâmbicos usados por Shakespeare — versos brancos de cinco pés métricos, cada um contendo duas sílabas, uma breve (átona) e uma longa (acentuada) — foram transformados em versos de doze sílabas, ou dodecassílabos. No mesmo ano, chegaram às livrarias três novas traduções, reunidas em um único volume: *Macbeth*, *Romeu e Julieta* e *Hamlet*, com a assinatura do escritor Oliveira Ribeiro Neto.

O destaque da década de 1950 foi o ambicioso projeto de publicar todas as tragédias, comédias e peças históricas em português do Brasil, em tradução de Carlos Alberto Nunes, caracterizada por versos de dez sílabas, dicção erudita, sintaxe elaborada e atenção à exegese. Nesse mesmo período, outras traduções foram realizadas. Em 1955, um terceiro *Hamlet* chegou às livrarias, traduzido em dodecassílabos pelo prestigiado poeta neo-parnasiano Péricles Eugênio da Silva Ramos. O texto foi encenado pouco depois, em 1956, aparentemente sem muito sucesso. Também em 1956 Onestaldo de Pennafort traduziu *Otelo* em verso para a companhia Tonia-Celi-Autran; a tradução foi publicada pouco depois. Finalmente, em 1957, o poeta modernista Manuel Bandeira produziu uma versão de *Macbeth* em português a pedido de uma companhia teatral que se dissolveu antes de encenar a peça. A tradução foi publicada quatro anos mais tarde, em 1961, e desde então vem sendo reeditada com freqüência.

Nos anos 1960, o Brasil enfrentou nova transição política; assim como ocorreu de 1937 a 1946, a livre veiculação do pensamento foi proibida. Foi, mais uma vez, uma época de censura, tanto política quanto de costumes; entretanto, ao contrário do que ocorreu no Estado Novo, caracterizado por um grande incentivo às letras, às artes e, principalmente, ao teatro por iniciativa do próprio Getúlio Vargas, as manifestações culturais foram sufocadas pelo regime de exceção. Se por um lado as traduções do teatro de Shakespeare publicadas ao longo da década sugeriam topicalidades com a situação política brasileira, como em *Julio César*, *Hamlet* e *Macbeth*, que tematizam a questão da ocupação indevida do poder, por outro lado as estratégias empregadas nas traduções em verso não refletiam a recém-surgida estética concretista, revelando uma filiação parnasiana. Em 1965, foram publicadas três traduções em prosa: *A megera domada*, por Millôr Fernandes, *A tempestade*, por Esther de Mesquita e o *Júlio César* de Carlos Lacerda. Em 1966, Péricles Eugênio da Silva Ramos traduziu *Macbeth*, dessa vez valendo-se do metro decassílabo; dois anos mais tarde, foi publicado o *Hamlet* de Anna Amélia de Queiroz Carneiro de Mendonça, também em decassílabos; e em 1969 o público brasileiro recebeu mais uma tradução das obras completas, por Fernando Carlos de Almeida Cunha Medeiros e Oscar Mendes. Enquanto Medeiros traduziu as peças, recorrendo à prosa, Mendes encarregou-se da revisão, da elaboração das notas e da tradução das canções.

Nos anos 1970, bastante sombrios em termos culturais, sociais e políticos, as únicas novas traduções do drama shakespeariano publicadas foram *Macbeth*, por Geir Campos, *Rei Lear*, por Maryland Moraes e *Amansando Catarina*, por Newton Belleza, que têm em comum a pouca visibilidade: além de ausentes da mídia, dos palcos e das livrarias, raramente são encontradas em bibliotecas.

A situação só viria a mudar na virada dos anos 1980, quando a abertura política e a retomada do crescimento econômico deram novo impulso à indústria editorial. Das cinco traduções de peças de Shakespeare publicadas nessa década, quatro eram em prosa e empregavam linguagem coloquial. Geraldo Silos deu a *Hamlet* um tratamento mais compatível com textos destinados à leitura — muitas vezes inserindo, nas próprias falas, explicações de algumas idéias ou termos —, enquanto Millôr Fernandes traduziu *As alegres comadres de Windsor*, *Rei Lear* e o próprio *Hamlet* pensando no palco. Essas traduções não pouparam os leitores da faceta despudorada do Bardo, tantas vezes suavizada por tradutores (e editores) zelosos, preocupados em corresponder às expectativas de um público que coloca Shakespeare em uma ascética torre de marfim: a linguagem obscena foi mantida, incluindo-se aí os palavrões mais pesados. Talvez se possa inferir que o fim da censura rígida e a crescente liberalização dos costumes tenham contribuído para essa abordagem mais crua da linguagem shakespeariana. Em termos formais, a única exceção à prosa predominante foi a edição do *Otelo* de Péricles Eugênio da Silva Ramos, traduzido em decassílabos, estendidos para versos de 12 sílabas "sempre que o molde [nos] pareceu dever alargar-se por imposições da expressão", como explica o tradutor na introdução que acompanha a peça em português (Círculo do Livro, 1985).

A década de 1990 foi extremamente prolífica em termos de traduções de obras de Shakespeare. Além das novas traduções publicadas, houve muitas reedições de trabalhos antigos que estavam esgotados, como o *Otelo* de Pennafort (1956), e *A megera domada* de Millôr Fernandes (1965). Esse interesse renovado em publicar o Bardo em português pode ser fruto da conjugação de dois fatores principais: a ênfase crescente das editoras nas séries de bolso, oferecendo basicamente os chamados "clássicos", e o *boom* de Shakespeare no mundo inteiro, para o qual muito têm contribuído destacados críticos literários, como o já citado Harold Bloom, e a mídia em geral. Belas e instigantes adaptações cinematográficas de peças shakespearianas têm atraído milhões de espectadores, encorajando as editoras a explorar esse mercado de leitores em potencial e fornecendo às livrarias uma ampla variedade de traduções.

Nessa década, a maioria das traduções publicadas mantinha a combinação de verso e prosa característica da poesia dramática shakespeariana, porém privilegiando o decassílabo. Não é possível afirmar, no entanto, que se tratasse de uma tendência geral nas traduções de poesia dramática, ou que a poesia estivesse em alta no momento. Na verdade, talvez a predominância do verso nos "Shakespeares" brasileiros deva-se simplesmente a características pessoais dos tradutores que tiveram seus esforços publicados naquele momento: José Roberto O'Shea, autor da tradução deste *O conto do inverno*, destaca-se pelo domínio da métrica, e Barbara Heliodora também costuma traduzir em verso.

Igualmente relevante é o fato de peças que ainda não haviam sido objeto de tradução isolada — excluindo-se, portanto, as duas traduções de obras completas já mencionadas — passarem a merecer atenção, como *Henrique V*, *Medida por medida*, *Coriolano*, *Antônio e Cleópatra*, *Cimbeline, Rei da Britânia* e *Henrique IV* (partes 1 e 2). Tradicionais favoritas, como *Hamlet*, *Macbeth*, *Otelo* e *Romeu e Julieta*, também continuaram presentes nas prateleiras das livrarias, seja em novas traduções ou em reedições de versões antigas.

A década atual, iniciada em 2001, mantém, em vários aspectos, muitas características da anterior. No cenário cultural e literário internacional, uma das marcas desse momento de transição entre séculos e, excepcionalmente, entre milênios, são as publicações que se propõem a fazer "balanços", assumindo o formato de antologias que procuram selecionar o que houve de melhor nos últimos cem ou mil anos, ou mesmo ao longo da história.

Em relação à poesia dramática shakespeariana, o interesse em traduzir todo o cânone ou parte dele acentuou-se a partir do ano 2000, objetivando principalmente popularizar o autor inglês — em outras palavras, torná-lo mais acessível e levar o leitor médio, especialmente o mais jovem, a aproximar-se de sua poesia dramática, considerada por muitos como rebuscada e erudita.

No entanto, traduzir Shakespeare, como se pode imaginar, não é tarefa simples. Para começar, o tradutor tem de tomar uma série de decisões com respeito às estratégias que adotará, e que costumam variar bastante. Essas formas diferentes de se traduzir o drama shakespeariano não deixam de ser interessantes, por atenderem a expectativas e gostos distintos por parte do público leitor, mas não há dúvidas de que o público de hoje não está mais receptivo a versões muito eruditas, que transformam Shakespeare em "peça de museu", preferindo uma linguagem mais acessível. Por outro lado, também não parece apreciar versões muito simplificadoras, que fazem desaparecer tudo aquilo que associamos ao estilo shakespeariano: poesia, ironia, jogos de palavras, trocadilhos, metáforas, alegorias. O duplo objetivo de popularizar o Bardo e, ao mesmo tempo, atender a um público que pode ser considerado exigente, à medida que tem expectativas razoavelmente definidas, gerou uma grande preocupação, por parte de algumas editoras, com a qualidade das traduções e das edições em que estas são oferecidas. A bem-sucedida parceria entre a Iluminuras e o tradutor e especialista em estudos shakespearianos José Roberto O'Shea, consolidada neste *O conto do inverno*, que se segue ao celebrado *Cimbeline, Rei da Britânia*, é um reflexo dos mais positivos dessa preocupação.

O'Shea já traduziu quatro peças, duas das quais já foram publicadas em belíssimas edições, com textos de apresentação e notas explicativas. Após sua estréia com *Antônio e Cleópatra* (Mandarim, 1997), dedicou-se a traduzir as peças finais, a começar por *Cimbeline, Rei da Britânia*, peça de 1609, lançada pela Iluminuras em 2002 e menção honrosa do Prêmio Jabuti em 2003. Traduziu, a seguir, este *O conto do inverno*, igualmente oferecido em cuidadosa edição crítica, e recentemente finalizou *Péricles*, de 1607-8, faltando apenas *A tempestade* para concluir o ciclo dos chamados "romances".

O trabalho de O'Shea, tradutor consagrado de obras de ficção e de crítica, com o teatro de Shakespeare faz parte do projeto de pesquisa Tradução Anotada da Dramaturgia Shakespeariana, que desenvolve desde 1994, com apoio do CNPq. A idéia surgiu com a constatação da carência de novas traduções que permitissem ao público brasileiro apreciar o verso, a *verve* e a riqueza imagística shakespearianas sem recorrer a pirotecnias estilísticas, que criam um efeito de intimidação e conseqüente distanciamento, ou a estratégias banalizadoras, que simplificam a linguagem e privilegiam o enredo — que, afinal de contas, é o único aspecto sabidamente não original da obra de Shakespeare, que se inspirava em relatos, romances, poemas, outras peças e crônicas históricas para compor suas obras, com total domínio da carpintaria dramatúrgica.

Outra carência detectada por O'Shea foi a de traduções de peças menos conhecidas, ou menos encenadas. Enquanto as chamadas "grandes tragédias" — *Hamlet*, *Rei Lear*, *Otelo* e *Macbeth* — já mereceram, nos últimos 80 anos, pelo menos sete traduções diferentes cada uma, as três peças finais escolhidas por O'Shea só poderiam, até então, ser encontradas no conjunto das obras completas, em traduções produzidas nas décadas de 1950 e 1960.

Embora as peças de Shakespeare tenham, ao longo do tempo, adquirido o duplo estatuto de obra dramática e literária, foram escritas originalmente para o palco, e o próprio dramaturgo, ao que consta, nunca se preocupou em preservá-las em forma escrita ou em publicá-las. O *Primeiro Fólio*, com 36 peças (*Péricles* não foi incluída), foi compilado somente em 1623, sete anos após a morte de Shakespeare, que teve apenas a metade das peças publicadas em vida. Mesmo assim, um grande número de traduções para o português privilegiam a página, resultando em um texto próprio para ser lido, mas difícil de ser levado ao palco e falado por atores. Já O'Shea, estudioso da teoria da performance, procurou produzir um texto igualmente teatral, com linguagem simples mas não empobrecedora, recorrendo a soluções inspiradas para recriar trocadilhos e jogos de palavras, cuidando para evitar cacófatos, repetindo as aliterações e imagens, mantendo a mistura de tratamentos (tu/vós) sem receio de patrulhas puristas. Optou pela estratégia de traduzir em decassílabos, sem dar ouvidos aos argumentos de que nem as platéias, nem os atores brasileiros estão acostumados com o verso. Afinal, o pentâmetro iâmbico usado por Shakespeare reproduz a cadência da fala em língua inglesa, fazendo com que o verso soe natural aos ouvidos do público. O desafio do tradutor (são tantos!) é obter um efeito igualmente familiar em língua portuguesa, reproduzindo a musicalidade da fala brasileira. A opção pelo verso, no entanto, torna o processo de tradução muito mais complexo, artesanal, um lapidar constante de idéias e formas, um afinar de tons e ritmos, uma busca incessante por soluções enxutas, ao mesmo tempo concisas e precisas. No caso de O'Shea, que associa técnica e arte, o resultado são traduções que respeitam o virtuosismo poético-dramático do original, prontas para serem submetidas — certamente com muito sucesso — ao "teste do palco". Parafraseando o autor de uma resenha da tradução de *Cimbeline, Rei da Britânia* (Coelho, 2002), também podemos dizer que "mal se fecha o livro, espera-se que o pano se abra" para este *O conto do inverno* brasileiro.

REFERÊNCIAS BIBLIOGRÁFICAS

Bard is Millennium Man. BBC News. Disponível em http://news.bbc.co.uk/1/hi/uk/245752.stm a partir de 01 jan. 1999.
BLOOM, Harold. *The western canon: the books and school of the ages.* New York: Harcourt Brace, 1994.
COELHO, Sergio Salvia. *"Cimbeline, Rei da Britânia* expõe Shakespeare maduro". *Folha de S. Paulo,* 7 dez. 2002.
GOMES, Eugenio. *Shakespeare no Brasil.* São Paulo: MEC, 1960.
HART, Michael H. *As cem maiores personalidades da história,* Antonio Canavarro Pereira (trad.). Rio de Janeiro: Difel, 2001.
SEYMOUR-SMITH, Martin. *Os cem livros que mais influenciaram a humanidade.* Fausto Wolff (trad.). Rio de Janeiro: Difel, 2002.
SHAKESPEARE, William. *Otelo, o mouro de Veneza,* Péricles Eugenio da Silva Ramos (trad., introd. e notas). São Paulo: Círculo do Livro, 1985.

DESSACRALIZANDO O "VERBO" SHAKESPEARIANO: TRADUÇÃO LINGÜÍSTICA E CULTURAL[1]

José Roberto O'Shea
Universidade Federal de Santa Catarina

Evitando limitar-me a questões estilísticas localizadas, ou a uma visão geral da tradução do teatro shakespeariano em dada cultura, gostaria de, no presente ensaio, refletir sobre a tradução como dessacralização do "Verbo" shakespeariano. Hoje em dia, é truísmo afirmar que as obras de Shakespeare são consideradas o centro fixo do cânone ocidental, um *texto sagrado*, uma *Escritura secular* que substituiu a Bíblia em nossa consciência secularizada. Notoriamente, para Harold Bloom, a obra de Shakespeare é "a única rival possível da Bíblia" capaz de "oferecer uma visão alternativa [...] para os relatos sobre a natureza humana e o destino apresentados na Bíblia Hebraica, no Novo Testamento e no Alcorão" (Bloom, 2000: 193). Em termos de recursos de retórica e de imaginação os textos de Shakespeare parecem estar "além dos de Javé, Jesus e Alá", e a "consciência de Hamlet, bem como a linguagem de que dispõe o personagem para desenvolver essa consciência, é mais vasta e mais ágil do que a consciência e a linguagem até hoje manifestadas por divindades" (ibid.). Sob esta ótica, *As Obras Completas de William Shakespeare* poderiam ser denominadas *O Livro da Realidade* (Bloom, 1998: 43).

O que ocorre é que em um texto sagrado as próprias palavras são santas, portanto, sensíveis:

> O que torna um texto sagrado é a crença de que ele expressa intenções do Autor Original de modo que o "autor do texto" [ou, para meus propósitos

---

1) Este ensaio, traduzido do inglês por Ritalice Medeiros, foi publicado em versão anterior no livro *Representações culturais do Outro nas literaturas de língua inglesa*, organizado por Tereza Marques de Oliveira Lima e Conceição Monteiro. Niterói: Vício de Leitura, 2001, pp. 131-37, sendo aqui reproduzido com a devida autorização.

aqui, o tradutor]... não passa de um escriba, alguém que transcreve um Verbo mais original, pelo qual é inspirado... É outra característica dos textos sagrados o fato de declararem a sua própria santidade internamente, e, portanto, eles mesmos abordam questões de linguagem *e tradução* (Simms, 1997: 19, grifo meu).[2]

Ao estudarmos a natureza de textos sagrados, sensíveis, parece útil, a princípio, retomar noções de texto — denotação e conotação — e contexto. A distinção entre denotação e conotação há muito é reconhecida pela Lingüística. Conforme experimentada pelos humanos, a comunicação depende mais das conotações do que das denotações das palavras, ou seja, mais do contexto no qual se situa a língua do que da função referencial da linguagem propriamente dita. Mas, "é exatamente neste particular que a linguagem [...] é sensível" (Simms, 1997: 2). No entanto, não devemos ser levados a aceitar "uma divisão nítida entre denotação e conotação, [nem] que a denotação pura possa ser um refúgio da natureza sensível da linguagem" (ibid.). De fato, "não há denotação 'pura' em uma língua. A cada junção a denotação é contagiada pela conotação, pelo menos se concebermos conotação *como contexto*" (ibid., grifo meu). Portanto, talvez, apenas a linguagem mais puramente simbólica (por exemplo, a linguagem matemática) não dependa de um contexto onde possa fazer sentido.

Se considerarmos as implicações de conotação e contexto, a sensibilidade observada nos textos sagrados pode ser de três tipos: as referências feitas pelo conteúdo do texto são tabus, a simples existência do texto como tal é tabu, ou ambas as situações o são. Tradicionalmente, os textos podem ser considerados sensíveis em quatro aspectos: contrários ao estado; à decência; ao cidadão; ou à religião (cultura) (Simms, 1997: 5).[3] Em última análise, sensibilidade textual é questão cultural ampla, uma vez que essa mesma sensibilidade é regida por contingências, e, portanto, a percepção de um texto como *sensível* muda conforme a história e a geografia, ou seja, conforme o contexto.

Mas quais seriam algumas das relações entre textos sagrados e sensíveis, tradução e dessacralização textual? Referindo-se à tradução bíblica, por exemplo, Eugene Nida afirma:

Ao traduzir-se qualquer texto com uma tradição longa e sensível, cria-se uma sensação de que se trabalha sob o olhar vigilante de cerca

---

2) É de minha autoria a tradução das citações originalmente em língua inglesa.
3) Os quatro aspectos tradicionais levam a um outro quarteto de aspectos, tantas vezes considerados para fins de censura: sedição, obscenidade, calúnia e blasfêmia (Simms, 1997: 5).

de 2000 anos de tradutores. Os problemas de uma longa tradição são especialmente relevantes no caso de textos religiosos, porque há sempre um grande número de pessoas cuja fé baseia-se tanto na palavra [propriamente dita]... quanto em seu conteúdo (1997: 189).

Se o célebre axioma de Roman Jakobson para os Estudos da Tradução — na tradução entre línguas, não há equivalência lexical pura — desestabiliza textos não sensíveis, imaginemos as implicações do mesmo axioma no que concerne aos textos sagrados, marcantemente sensíveis. E se tradução pura é impossível, *possível* é uma série de aproximações, às vezes, rudimentares, às vezes, aparentemente precisas. Dessa dificuldade, segue a complexa questão da fidelidade, o que torna a tradução, em geral, questão difícil, e a tradução de textos sensíveis, duplamente delicada (Simms, 1997: 7).

Ao traduzir textos sensíveis (religiosos ou seculares), alguns tradutores valorizam a denotação e caem, com freqüência, na armadilha da chamada tradução *literal*. Uma das alegações em defesa da tradução literal é a falsa idéia de que o sentido de um texto pode ser encontrado nas palavras como unidades isoladas e não em combinações.[4] No entanto, "é a combinação das palavras que carrega o sentido, o nível conceitual da comunicação [envolvendo] não palavras individuais, mas palavras em contexto" (Nida, 1997: 194-95). O problema é que, especialmente quando se trata de textos canônicos, muitas vezes, o tradutor literal toma o texto-fonte como sacrossanto, concebe a tradução como uma extensão do texto-fonte e tenta reproduzir esta extensão tão fielmente quanto possível, convertendo palavras isoladas do texto-fonte em equivalentes ilusórios, retirados de abonações tradicionais, prontamente encontradas em dicionários da língua-alvo. O tradutor literal acredita posicionar-se do lado do autor.

Inversamente, o tradutor não-literal enfatiza conotação, intervenção e, quando necessária, a tradução cultural. Conceitualmente, "tradução [não-literal] é a imagem espelhada [invertida] de uma tradução literal (Simms, 1997: 7).[5] Dependendo das características desse espelho, e "das estratégias usadas no processo da tradução, [...] a cultura [traduzida] far-se-á mais ou menos acessível [...], mais ou menos visível" (Carbonell, 1996: 94). Equivocadamente, muitas vezes, os defensores da tradução literal vêem a não-literal como uma traição das intenções do autor original. Sem dúvida, a tradução não-literal posiciona-se

---

4) A rigor, o termo tradução *literal* é designação equivocada, pois não há o que se possa chamar de tradução puramente literal, uma vez que toda tradução envolve, em maior ou menor grau, a paráfrase.
5) Prefiro o termo *não-literal* ao termo *tradução livre*, uma vez que este pode sugerir um distanciamento exagerado em relação aos sentidos do texto original.

mais ao lado do leitor que do autor. No entanto, afastando-se da literalidade e da denotação, contemplando contexto e recepção, a tradução não-literal busca valores conotativos e culturais, e, quando bem-sucedida, pode vir a ser sumamente fiel (e não traidora) à força artística do original.

Em sua forma extrema, a tradução não-literal torna-se *tradução cultural*, priorizando itens lexicais contemporâneos e culturalmente equivalentes, em vez de sentidos equivalentes.[6] Para os puristas, tradução cultural é algo a ser rejeitado, devido (1) "a uma suposta falta de respeito para com o texto original" e (2) "a uma suposta visão derrotista que a tradução cultural teria da capacidade de compreensão do público-alvo" (Simms, 1997: 10). Todavia, na minha opinião, um tradutor não pode ignorar questões de sensibilidade cultural, sendo toda tradução entre línguas uma tradução entre culturas. Para os menos adeptos da tradução literal, a tradução cultural pode ser vista "como um nível superior de interação [que] ocorre sempre que uma experiência estrangeira é internalizada na cultura na qual essa mesma experiência é recebida" (Carbonell, 1996: 81).[7]

A partir da minha experiência como tradutor de peças teatrais shakespearianas, gostaria de valorizar a *via media* de John Dryden (1631-1700):[8] uma tradução que preserve um certo grau de literalidade, mas que *auxilie* o leitor sempre que, obviamente, segundo o julgamento do tradutor, o entendimento do leitor possa falhar (no mais das vezes, devido a diferenças culturais, não à incapacidade intelectual, eu acrescentaria). Tal auxílio pode dar-se dentro do texto, por meio de estratégias (moderadas) de domesticação,[9] ou fora dele, por meio de prefácios e notas explicativas, por exemplo (ambos os procedimentos funcionando como informação suplementar para o leitor do texto-alvo). Em outras palavras, entendo o tradutor como um intérprete, que constrói significados ao que é estrangeiro, adotando procedimentos para verter o estrangeiro a uma forma relativamente familiar, ao mesmo tempo em que evita, pura e simplesmente, aniquilar o estrangeirismo.

---

6) Como exemplo de tradução cultural em textos "sensíveis", Simms cita a expressão "sessenta estádios" (Lucas 24:13), transformada em "cerca de onze quilômetros" na *Good news bible* (1997: 8).

7) Em termos de encenações shakespearianas internacionais, vários exemplos de métodos de tradução cultural me vêm à mente: a abordagem de *Rei Lear* feita por Giorgio Strehler, passando pelo contexto cultural e histórico do próprio diretor — ou seja, a *Divina comédia* de Dante e a libertação da Itália do domínio fascista; o *Rei Lear* de Grigori Kosintsev, lido através de Dostoiévsky, a agonia acerca da insignificância da vida e da morte, referindo-se a imagens da destruição de Estalingrado (Bassnett, 1985: 93-94).

8) Poeta, crítico e dramaturgo prolífico, autor de apropriações, tais como de *Antônio e Cleópatra*, intitulada *Tudo por amor*.

9) Refiro-me às noções de "domesticação" e "estrangeirização", estratégias expostas por Lawrence Venuti (ver Referências Bibliográficas). Embora Venuti critique estratégias de domesticação, uma vez que, em seu ponto de vista, a domesticação serve a fins hegemônicos "em culturas agressivamente monolíngües", proponho que tal estratégia, em contextos culturais distintos do anglo-americano, pode ser desejável, neste sentido, revertendo as implicações políticas denunciadas por Venuti.

No caso de textos antigos, um dos usos positivos que o tradutor pode dar à domesticação é a modernização lexical.[10] Contudo, quando se trata de textos sensíveis, teorizar modernização lexical é mais fácil do que praticá-la. Nida reconhece "a intensa pressão sobre os tradutores da Bíblia, a fim de que formas tradicionais de linguagem sejam mantidas [já que] certos leitores exigem uma Bíblia que soe antiquada porque isto lhes sugere uma tradução mais próxima ao original" (193-94). E, certamente, muitos indivíduos sentem-se intrigados, mistificados diante de linguagem obscura.

O que foi dito acima sobre textos sensíveis e sagrados aplica-se aos escritos shakespearianos já que, como vimos, muitos leitores e espectadores vêem tais escritos não apenas como uma *Escritura secular*, mas também como um repositório de valores culturais míticos. No final da década de 1980 (1988), Graham Holderness editou uma antologia sobre o problema do "mito shakespeariano", culturalmente produzido. Mais recentemente (1999), Geraldo de Sousa demonstrou como, nas peças shakespearianas, "o texto funciona como um depósito arquivístico dos valores, crenças, preconceitos e práticas culturais, afirmando tradições e outorgando privilégios" (3); e Dirk Delabastita inicia seu "Bird's Eye View of Problems and Perspectives", ensaio sobre Shakespeare em tradução, referindo-se "às funções culturais singulares que Shakespeare e as Escrituras têm desempenhado ao longo dos séculos" (1999, 15).

A aproximação entre Shakespeare, Escrituras e mito leva-me de volta a Bloom e a Hamlet. Bloom reitera e desenvolve argumentos previamente apresentados em *O cânone ocidental* (1994), e reafirmados em *Como e por que ler*, quando se dirige ao leitor na introdução de *Shakespeare: a invenção do humano*: "A Bardolatria, isto é, a devoção a Shakespeare, deveria se tornar uma religião secular mais praticada do que já o é" (1998: 19-20). Afinal, "depois de Jesus, Hamlet é a figura mais citada no Ocidente [...] é o único rival secular [dessas] grandes personalidades precursoras"(op. cit., 21), conforme vimos, Javé, Jesus e Alá. Para Bloom, *Hamlet*, bem como toda a arte shakespeariana, é um eterno enigma: "uma arte tão infinita que nos contém"; Hamlet é um emblema do próprio Shakespeare (ibid.). Por sua vez, Shakespeare, na visão tradicionalista do crítico, "é um espírito de luz, grande demais para ser apreendido" (op. cit., 27), "um deus mortal" (ibid., 28), "o inventor do ser humano" (op. cit., 25-43).

A mitificação de Shakespeare e de sua Escritura secular têm tido importantes implicações para a tradução da obra do poeta. No mais das vezes, os textos

---

10) Jean-Michel Déprats defende a noção de "rejuvenescimento" em artigo publicado em *Shakespeare survey* 50 (ver Referências Bibliográficas).

originais das peças de Shakespeare têm sido tomados como absolutos, embora várias dessas peças existam em textos múltiplos (i.e., versões múltiplas), portanto, relativizados, e estabelecidos com base em encenações. Mas o mito, o peso do texto shakespeariano é tão forte que, em culturas de língua inglesa, por exemplo, tornou-se difícil para um encenador inovar (Bassnett, 1985: 88).[11] Ora, se os textos das peças são tidos como absolutos, suas traduções tendem a ser regidas por atitudes dogmáticas e normativas. Vistos como absolutos, os textos são considerados Escrituras e passam a exigir o que Sirkku Aaltonen denomina "reverência" (2000: 64-73). E uma vez que as dificuldades em traduzir as peças de Shakespeare são, de fato, muitas, tomar seu texto como algo absoluto, dogmático qual Escritura, pode causar um constrangimento desnecessário, capaz mesmo de paralisar um tradutor.[12]

Já o tradutor que não se vê excessivamente reverente ao "Verbo" shakespeariano pode tentar beneficiar-se do deslocamento lingüístico e cultural inerente ao processo tradutório. Para entender as implicações do deslocamento do "Verbo" shakespeariano, sagrado e sensível, através da tradução, faz-se útil primeiramente, considerar as maneiras com que Shakespeare tem operado, no palco e na mente, fora das realidades em que a língua inglesa é falada. Por que fazê-lo? Porque, conforme sabemos, Shakespeare é o dramaturgo mais encenado em todo o mundo, e porque, a despeito da universalidade que muitos insistem em defender, Shakespeare não é no Japão, na Finlândia ou no Brasil o mesmo dramaturgo que é encenado em Stratford-upon-Avon. Simplesmente, as conotações culturais derivadas de encenações shakespearianas na Grã-Bretanha e em inglês raramente serão aplicáveis a outro país e a outra língua/cultura. A produção de sentido que a dramaturgia shakespeariana evoca é por demais complexa — e interessante, eu diria — e, portanto, as atitudes culturais identificáveis nas peças "requerem não apenas tradução lingüística mas também adaptação cultural quando transferidas para um ambiente estrangeiro" (Kennedy, 1996: 134). Em suma, conforme argumenta Dennis Kennedy, fora de ambientes onde é falada a língua inglesa,

> a ausência de elos lingüísticos e culturais com Shakespeare faz com que a apropriação das obras do autor seja mais aberta, encontrando menor

---

11) Susan Bassnett retoma a anedota apócrifa sobre um encenador oriundo da Europa Oriental que, ao presenciar uma produção shakespeariana britânica, teria afirmado: "Admirável. Tudo está ainda por fazer. Não representaram nada além do texto" (1985: 88).
12) Delabastita apresenta um verdadeiro catálogo de tais dificuldades: são dilemas textuais, alusões obscuras, arcaísmos e neologismos, vocabulário anglo-saxônico e latino, imagens, metáforas, repetições, personificações, jogos de palavras, ambigüidades, formas de tratamento, gramática elíptica, prosódia variável, signos teatrais etc. (1999: 18).

resistência oficial por parte dos defensores da alta cultura do que se constata nos países de língua inglesa (1996: 135).

Embora muitos falantes de língua inglesa possam presumir que montagens da dramaturgia shakespeariana em língua estrangeira percam "essência"[13] no processo de transferência lingüística e cultural, o fato é que produções estrangeiras podem levar, via tradução, a um acesso mais direto à relevância artística das peças, por exemplo, recorrendo a referências culturais acessíveis; enfatizando a linguagem visual, além da verbal; ou, como já foi dito, valendo-se de modernização lexical justificada. Por seu turno, cada um desses procedimentos redefine os significados das peças. Ademais, conforme John Russell Brown nos faz lembrar, a leitura ou a encenação de Shakespeare hoje em dia, mesmo no original, sempre envolve uma espécie de tradução vis à vis o inglês elisabetano (28). E uma vez que, traduzido, Shakespeare apresenta-se "destituído de sua língua" (Kennedy, 1993: 1), seu "Verbo" é necessariamente deslocado, lingüística e culturalmente dessacralizado. Essa ótica propicia importantes constatações: (1) traduções da dramaturgia shakespeariana desafiam a idéia de que Shakespeare "confina-se a uma única tradição, a uma única cultura, ou a uma única língua" (Kennedy, 1996: 146); (2) de modo geral, produções shakespearianas estrangeiras, livres do peso imposto por séculos de veneração pelo idioma do Bardo, têm a possibilidade de melhor revisitar e renovar — em vez de tão-somente reverenciar — a arte shakespeariana (Aaltonen, 2000: 64). Da mesma forma que encontros interculturais no drama shakespeariano demonstram que "a cultura britânica não poderia entender a si própria senão em justaposição a outras culturas" (Sousa, 1999: 8), os originais shakespearianos podem ser iluminados, podem tornar-se interculturais e relevantes através da tradução que se aproprie deles e os dessacralize.

---

13) Para uma crítica aos conceitos de "essência" e "autenticidade", ver James Clifford (1988).

REFERÊNCIAS BIBLIOGRÁFICAS

AALTONEN, Sirkku. *Time-sharing on stage: drama translation in theatre and society.* Topics in Translation 17. Clevedon: Multilingual Matters Ltd, 2000.
BASSNETT, Susan. "Ways through the labyrinth: strategies and methods for translating theatre texts". *The manipulation of literature,* Theo Hermans (ed.). New York: St. Martin's Press, 1985, pp. 87-102.
BLOOM, Harold. *Como e por que ler,* José Roberto O'Shea (trad.). Rio de Janeiro: Objetiva, 2000.
_____. *Shakespeare: a invenção do humano,* José Roberto O'Shea (trad.). Rio de Janeiro: Objetiva, 1998.
BROWN, John Russell. "Foreign Shakespeare and English-speaking Audiences". *Foreign Shakespeare,* Dennis Kennedy (ed.). pp. 19-35.
CARBONELL, Ovidio. "The Exotic Space of Cultural Translation". *Translation, power, subversion.* Román Alvaréz and M. Carmen-África Vidal (eds.). Topics in Translation 8. Clevedon: Multilingual Matters, Ltd., 1996, pp. 79-98.
CLIFFORD, James. *The predicament of culture: twentieth-century ethnography, literature and art.* Cambridge: Harward University Press, 1988.
DELABASTITA, Dirk. "Shakespeare in translation: a bird's eye view of problems and perspectives". *Accents now known: Shakespeare's drama in translation,* José Roberto O'Shea (ed.). *Ilha do Desterro* 36: 1 (1999), pp. 15-27.
DÉPRATS, Jean-Michel. "The shakespearean gap' in French". *Shakespeare Survey* 50 (1997), pp. 125-33.
HOLDERNESS, Graham (ed.). *The Shakespeare myth.* Manchester: Manchester University Press, 1988.
KENNEDY, Dennis. "Shakespeare without his language". *Shakespeare theory and performance,* James C. Bulman (ed.). London and New York: Routledge, 1996, pp. 133-48.
_____. (ed.). *Foreing Shakespeare: contemporary performance.* Cambridge: Cambridge University Press, 1993.
NIDA, Eugene. "Translating a text with a long and sensitive tradition". *Translating sensitive texts: linguistic aspects,* 1997, pp. 189-96.
SIMMS, Karl. "Introduction". *Translating sensitive texts: linguistic aspects.* Karl Simms (ed.). Approaches to Translation Studies, v. 14. Amsterdam: Rodopi, 1997, pp. 1-26.
SOUSA, Geraldo U. *Shakespeare's cross-cultural encounters.* London: Macmillan, 1999.
VENUTI, Lawrence. *The translator's invisibility.* London and New York: Routledge, 1995.

O CONTO DO INVERNO[1]

---

1) O texto-fonte utilizado nesta tradução é o que integra a série intitulada Oxford Shakespeare, sob a responsabilidade de Stanley Wells, em que *The winter's tale* é editada por Stephen Orgel. Paralelamente, foram consultadas, verso a verso, outras seis edições: *Yale Facsimile Edition of the First Folio* (doravante denominada Fólio ou F1), preparada por Helge Kökeritz; New Variorum, editada por H.H. Furness; New Penguin, editada por Ernest Schanzer; Riverside, editada por G. Blakemore Evans; Pelican, editada por Frances E. Dolan; e Everyman, editada por John F. Andrews (vide Bibliografia Selecionada).

Trabalho desenvolvido com bolsa do CNPq (Produtividade em Pesquisa).

Esta tradução foi encenada pela Companhia de Teatro Atores de Laura, no Rio de Janeiro, na temporada de 2004-2005.

PERSONAGENS[2]

LEONTES, Rei da Sicília
MAMILLIUS, jovem príncipe da Sicília[3]
CAMILO, ANTÍGONO, CLEÔMENES e DION, quatro nobres da Sicília
Um MARINHEIRO
Um CARCEREIRO
HERMIONE, Rainha, mulher de Leontes
PERDITA, filha de Leontes e Hermione
PAULINA, mulher de Antígono
EMÍLIA, dama de Hermione
POLÍXENES, Rei da Boêmia
FLORIZEL, príncipe da Boêmia
VELHO PASTOR, suposto pai de Perdita
CAMPONÊS, filho do Velho Pastor
AUTÓLICO, um vigarista
ARQUÍDAMO, um nobre da Boêmia
MOPSA e DORCAS, pastoras
Outros Nobres, Damas, Cavalheiros e Criados [e Oficiais][4]
Pastores e Pastoras
O TEMPO, como Coro

---

2) No *Fólio*, a lista de personagens aparece ao final, sob o título "The names of the actors" (p. 303).
3) O nome do jovem príncipe permanece na forma original, a fim de ser evitada a cacofonia flagrante da opção aportuguesada **Mamílio**.
4) Na Segunda cena do terceiro ato, o próprio Orgel (editor do Oxford Shakespeare, conforme já mencionado, o texto base desta tradução) registra a entrada de "*Officers*" (Oficiais), omitidos da lista de personagens da peça, possivelmente, por não constarem da respectiva lista no texto do *Fólio*.

ATO 1

1.1[5] *Entram Camilo e Arquídamo*

ARQUÍDAMO
   Se acontecer, Camilo, de visitares a Boêmia em missão semelhante à que me traz aqui, verás, como já te disse, grandes diferenças entre nossa Boêmia e tua Sicília.

CAMILO
   Acho que no próximo verão o Rei da Sicília pretende retribuir ao Rei da Boêmia a visita devida.

ARQUÍDAMO
   A nossa hospitalidade poderá causar vergonha, mas o nosso apreço nos redimirá; porque, de fato...

CAMILO
   Por favor...

ARQUÍDAMO
   É verdade; sei o que estou falando. Não recebemos com tamanha pompa... com tão raro... nem sei o que dizer. Teremos de servir bebidas inebriantes, de modo que os vossos sentidos, incapacitados de notar as nossas falhas, se não puderem elogiar-nos, ao menos não poderão censurar-nos.

---

5) Local: Sicília, palácio de Leontes. Seguindo o *Fólio*, Orgel não traz qualquer rubrica quanto à localização das cenas. Nesta tradução, seguindo Orgel, as marcações de locais das cenas ficam fora do texto, em notas, e correspondem às rubricas da edição *Riverside Shakespeare*, sob a responsabilidade de Evans (vide Bibliografia Selecionada).

1.1

CAMILO
Pagas caro demais por algo que te oferecemos gratuitamente.

ARQUÍDAMO
Podes acreditar, falo com conhecimento de causa, e como me dita a franqueza.

CAMILO
A Sicília jamais será demasiadamente cortês com a Boêmia.[6] Foram educados juntos, na infância, e o afeto que entre eles criou raízes agora poderá tão-somente brotar e crescer. Se as suas elevadas funções e os deveres da realeza os levaram a se separarem, seus contatos, ainda que não pessoais, têm sido mantidos através de representantes, em estilo digno de reis, com troca de presentes, cartas, missões de colaboração, de modo que parecem estar juntos, embora distantes, num aperto de mão por cima dos mares, abraçados, por assim dizer, de pontos opostos na rosa dos ventos. Que os céus conservem essa amizade.

ARQUÍDAMO
Não creio haver no mundo maldade ou motivo capaz de abalá-la. Tendes um inefável alento em vosso jovem príncipe, Mamillius.[7] Jamais me deparei com um jovem nobre tão promissor.

CAMILO
Concordo inteiramente contigo, quanto ao seu potencial. Trata-se de uma bela criança, na verdade, capaz de revigorar seus súditos e rejuvenescer velhos corações. Os que já andavam de muletas antes dele nascer gostariam de ter a vida toda pela frente, para vê-lo homem feito.

---

6) A metonímia, em que o nome do país é empregado como substituto do nome do respectivo monarca, é freqüente em Shakespeare.
7) As alterações de pronome de tratamento — de "tu" para "vós" e vice versa — são propositais, e expressam, na interpretação do tradutor, os sentidos singular e plural das falas, ou modulações com efeitos retóricos, denotando, respectivamente, intimidade ou formalidade, bem como alterações de humor. Tanto quanto possível, as modulações acompanham o original (*thou* e *you*).

ARQUÍDAMO
>Não fosse essa razão, morreriam de bom grado?

CAMILO
>Sim, não houvesse outro motivo por que viver.

ARQUÍDAMO
>Se o Rei não tivesse filho, desejariam viver, mesmo de muletas, até que lhe nascesse um.

>*Saem*

1.2[8] *Entram Leontes, Hermione, Mamillius, Políxenes, Camilo*

POLÍXENES
>Nove mudanças já do úmido astro[9]
>Registra o pastor, desde que deixamos[10]
>Vazio o nosso trono. Tempo igual
>Ocuparia, irmão, a agradecer-te,
>E, mesmo assim, por toda a eternidade,
>Teu devedor seria; e, portanto,
>Tal qual um zero em boa posição,
>Faço multiplicar um "obrigado"
>Por outros tantos mil que o precederam.

LEONTES
>Deixa teus obrigados por enquanto,
>Tens a hora da partida.

POLÍXENES
>>É amanhã.
>Afligem-me temores do que pode
>Causar a nossa ausência, de que soprem

---
8) Local: Sicília, palácio de Leontes.
9) Isto é, a lua, por sua ação sobre as marés.
10) Aqui, como em outros momentos nesta cena e ao longo da peça, Políxenes emprega o plural majestático.

1.2

    Ventos cruéis em casa, p'ra dizermos:
    'Temíeis com razão'. Além do mais,
    Canso Vossa Realeza.

LEONTES
                      Sou mais forte,
    Irmão, do que achas.

POLÍXENES
              Não posso ficar.

LEONTES
    Uma semana mais.

POLÍXENES
              Amanhã mesmo.

LEONTES
    Dividamos o tempo, então, ao meio;
    Não admito recusas.

POLÍXENES
                    Por favor,
    Não insistas. A língua de ninguém
    Neste mundo é capaz de convencer-me
    Tão logo quanto a tua. E assim seria,
    Se por necessidade me rogasses,
    Inda que eu precisasse dizer não.
    Meus deveres me arrastam para casa;
    Reter-me é por amor me castigar.
    Minha estada é um incômodo e um fardo;
    Para de ambos poupar-te, adeus, irmão.

LEONTES
    Perdestes a língua, Rainha? Falai.

HERMIONE
    Decidira, senhor, calar-me até

1.2

    Que juras de partir dele arrancásseis.
    O exortais com frieza, meu senhor.
    Dizei que a Boêmia vai tão bem;
    Ontem mesmo de lá chegaram novas...
    Dizei-lhe isto; não mais terá defesa.

LEONTES
    Falais bem, Hermione.

HERMIONE
                Pesaria,
    Se dissesse que anseia ver o filho;
    Se isso afirmar, deixai-o, então, partir;
    Se isso jurar, aqui não ficará...
    Será, a golpes de rocas, pois, tocado.
        [*Dirigindo-se a Políxenes*][11]
    Mas, de vossa real presença, atrevo-me
    A pedir emprestada uma semana.
    Quando à Boêmia levardes meu senhor,
    Dar-lhe-ei permissão para ficar
    Um mês além do prazo da visita...
    E, no entanto, Leontes, meu amor
    Por ti não é sequer um pingo a menos
    Do que o de qualquer outra esposa.
    Então, vós ficais?

POLÍXENES
              Não, minha senhora.

HERMIONE
    Não quereis?

POLÍXENES
           Eu não posso, na verdade.

---

11) As rubricas inseridas em colchetes na tradução — mesmo quando não hajam colchetes correspondentes na edição de Orgel — assim aparecem destacadas por não constarem de F1, sendo, portanto, fruto de interpolação editorial.

1.2

HERMIONE
    Verdade? Evitais-me em juras fracas;
    Mas eu, inda que os astros pretendêsseis
    Com vossas juras da órbita afastar,
    Diria: 'Senhor, não partais'. Na verdade,
    Não ireis... o 'na verdade' de dama
    É tão potente quanto o de senhor.
    Persistis em partir? Forçais-me ter-vos
    Prisioneiro, não hóspede; pagai
    A conta quando fordes,[12] e obrigados
    Poupai. Que dizeis? Prisioneiro ou hóspede?
    Pelo vosso terrível 'na verdade',
    Um dos dois sereis.

POLÍXENES
                Vosso hóspede, dama.
    Ser vosso prisioneiro implicaria
    Alguma ofensa, p'ra mim, menos fácil
    Cometer do que, para vós, punir.

HERMIONE
    Não serei, pois, a vossa carcereira,
    Mas amável anfitriã. Vinde, falai-me
    Das travessuras que, em criança, fazíeis
    Com o meu senhor. Éreis belos príncipes?

POLÍXENES
    Sim, formosa Rainha, dois meninos
    Que criam ter à frente[13] nada além
    De um amanhã idêntico ao hoje,
    E que seriam sempre dois pirralhos.

HERMIONE
    Não era o meu senhor o mais levado?

---

12) Na época de Shakespeare, ao deixar a prisão, o detento pagava as despesas de sua própria manutenção (Andrews, p. 12).
13) O original registra "*behind*": a interessante inversão semântica está justificada em Orgel (pp. 97 e 98).

POLÍXENES
>   Éramos dois cordeiros, qual irmãos
>   Brincando ao sol, balindo um para o outro,
>   Trocando inocências... desconhecíamos
>   A doutrina do mal; sequer sonhávamos
>   Que alguém a conhecesse. Se vivêssemos
>   Aquela vida, e nosso ingênuo espírito
>   Jamais fosse instruído na paixão,
>   Ao céu responderíamos, corajosos:
>   'Inocentes', não fosse a nossa herança.[14]

HERMIONE
>   Do que dizeis, deduzo, tropeçastes
>   Desde então.

POLÍXENES
>   Ó senhora venerada,
>   Cedemos desde então às tentações;
>   Naqueles dias implumes minha esposa
>   Era menina, e vós, preciosa dama,
>   O olhar do meu amigo, inda criança,
>   Não havíeis cruzado.

HERMIONE
>   Deus nos ajude! Não leveis a termo
>   O argumento, ou direis que vossa rainha
>   E eu somos demônios. Mas, prossegui;
>   Pagaremos as faltas que fizemos
>   Cometer, se conosco antes pecastes,
>   E conosco continuastes a errar,
>   E só mesmo conosco escorregastes.

LEONTES
>   Ele já foi vencido?

---

14) É consenso crítico que Políxenes aqui alude ao Pecado Original (Orgel, p. 98; Furness, p. 18; Dolan, p. 7; Andrews, p. 14; Schanzer, p. 164; Evans, p. 1571).

1.2

HERMIONE
    Ele fica, senhor.

LEONTES
    Ao meu pedido não quis atender.
    Hermione, querida, assim tão bem
    Nunca falastes.

HERMIONE
                Nunca?

LEONTES
                Só uma vez.

HERMIONE
    Então, falei bem duas vezes? Quando?
    Dizei-me, por favor; de loas fartai-nos,
    Para o corte engordai-nos... boa ação,
    Se não cantada, mata mil e tantas.
    Nosso gabo é o pago.[15] Por um beijo,
    Nos fareis percorrer cem milhas, antes
    De sob esporas corrermos cem metros.
    Voltemos ao assunto... Minha última
    Boa ação foi pedir-lhe que ficasse.
    A primeira? Há uma irmã mais velha,
    Se vos entendi bem... Fosse ela Graça!
    Falei bem antes uma só vez? Quando?
    Dizei-me... estou ansiosa.

LEONTES
                Ora foi quando,
    Somente após três meses bem azedos,
    Pude fazer-te abrir essa mão branca
    Ao meu amor; por fim tu me disseste:
    'Sou tua para sempre'.

---

15) A tradução tenta reproduzir a rima interna do original: "*Our praises are our wages*".

HERMIONE
                    Sim, foi graça.
Ora, vede, falei bem duas vezes.
Da primeira, ganhei rei como esposo,
Da segunda, por um tempo, um amigo.
[*Oferece a mão a Políxenes*][16]

LEONTES [*À parte*]
Ardente demais, ardente demais!
Unir afeto assim é unir o sangue.
Sinto *tremor cordis*;[17] meu coração
Dança; não de alegria, não é júbilo.
A acolhida pode ter rosto ingênuo,
Tomar por gentileza liberdades,
Cordialidade, inocente afeição,
Sendo até elogiável... reconheço.
Mas brincar com a mão e os dedos do outro,
Como agora, os sorrisos estudados,
Como diante do espelho, e esses suspiros...
Será a morte do cervo...[18] Oh! cortesia
Como essa incomoda peito e fronte.[19]
Mamillius, és meu filho?

MAMILLIUS
                    Sou, senhor.

LEONTES
                        Ora!
Meu belo guri... sujaste o nariz?
Dizem que é igual ao meu. Vem, capitão,

---

16) A célebre rubrica inexiste no Fólio, sendo, portanto, interpolação editorial tardia.
17) Em latim, "tremor do coração", supostamente, causado pelo aquecimento do sangue.
18) No original, "*as 'twere / The mort o'th' deer*"; não há consenso crítico quanto à interpretação desse trecho. Alguns estudiosos identificam aqui uma referência à prática de os caçadores fazerem soar a trompa, anunciando a morte do cervo (Dolan, p. 9; Evans, p. 1571). Outros acham que o verso invoca a crença de que o cervo suspira ao morrer, e constatam aqui uma auto-identificação simbólica entre o cervo agonizante e Leontes (Andrews, p. 18; Orgel, p. 101; Schanzer, pág 165). Agrada-me, sobremaneira, a segunda interpretação, a meu ver, reforçada pelo trocadilho (intraduzível) envolvendo as palavras "*deer*" (cervo, veado) e "*dear*" (querido, amado).
19) Referência óbvia à noção simbólica de que na fronte do marido traído crescem cornos.

1.2

        Sejamos limpos... nada de sujeira.
        O novilho, a vitela e o bezerrinho
        Passam por limpos... Inda dedilhando-lhe
        A palma da mão?...[20] Bezerro levado,
        És meu bezerro?

MAMILLIUS
                Sim, se assim quiserdes.

LEONTES
        Careces de uma fronte bem peluda,
        E dos meus cornos, p'ra seres como eu,
        Embora digam sermos qual dois ovos...
        As mulheres o dizem, dizem tudo.
        Mas, fossem elas falsas qual tinturas,
        Como o vento e as águas, como os dados,
        Para quem não distingue o seu do alheio,
        Mesmo assim, é verdade que o menino
        Comigo se parece. Vem, meu pagem,
        Olha-me com teus olhos cor do céu.
        Meu moleque, tão caro, minha carne...
        Terá a tua mãe... Isto é paixão!...[21]
        Acertas bem no alvo. Tornas possível
        O impossível; tens acesso aos sonhos...
        Como pode ser isto?... És coadjuvante
        Do irreal, e ao nada te associas.
        No entanto, és bem capaz de unir-te a algo,
        Como ora o fazes, além do pedido,[22]
        E eu o percebo, o que me infecta o cérebro
        E me enrijece a testa.

POLÍXENES
                O Rei, que tem?

---

20) Leontes ainda observa Hermione e Políxenes.
21) A partir do próximo verso, até o final desta fala, Leontes faz uma apóstrofe à Paixão.
22) Isto é, do pedido que o próprio Leontes fizera a Hermione: instar Políxenes a adiar a partida (Furness, p. 30).

HERMIONE
    Parece perturbado.

POLÍXENES
                    Então, senhor?

LEONTES
    Como estás? Como vais, dileto irmão?[23]

HERMIONE
    Tendes a fronte muito carregada.
    Zangado estais, senhor?

LEONTES
                    De modo algum.
    A natureza às vezes deixa ver
    A sua tontice, o seu afeto, e expõe-se;
    Vira escárnio de duros corações!
    Vendo os traços faciais do meu menino,
    Pareceu-me voltar vinte e três anos;
    Vi-me antes de usar calça, bata verde,
    Em veludo, punhal amordaçado,
    P'ra não morder o dono, e assim tornando-se,
    Qual tanto enfeite, arriscado demais.
    Como eu me assemelhava a esta semente,
    Esta vagem verde, este cavalheiro.
    Amigo, comprarias gato por lebre?

MAMILLIUS
    Não, senhor; lutaria.

LEONTES
    Lutarias? Então, serás feliz!
    Irmão, amas o teu pequeno príncipe
    Como quero o meu?

---

23) Inúmeros editores atribuem esta fala ainda a Políxenes. Não é o caso de Orgel (tampouco do texto de F1).

1.2

POLÍXENES
                    Em casa, senhor,
Ele é minha alegria, lida e zelo;
Ora é meu aliado, ora inimigo;
Bajulador, soldado, governante.
Dia p'ra ele em julho é curto qual dezembro,
Com seu humor pueril vejo-me livre
De pensamentos que me deixam triste.

LEONTES
O mesmo é, para mim, este escudeiro.
Vamos sair a andar, meu bom senhor,
Deixando-vos com vossos graves passos.
Hermione, mostra o teu amor por mim
Na acolhida ao irmão; deixa barato
O que é caro em Sicília... Afora ti
E este pivete meu, ele é o herdeiro
Do meu coração.

HERMIONE
                    Querendo nos ver,
Estaremos às ordens no jardim...
Vireis ao nosso encontro?

LEONTES
Segui vossos desejos; hei de achar-vos
Sob este céu. [À parte] Agora vou à pesca,
Embora não noteis como dou linha.
Que mal, que mal!
Mas como ela lhe exibe o belo bico!
Como se arma de coragem de esposa
Ante marido permissivo.
    [Saem Políxenes e Hermione]
                    Foram-se!
Grandes e grossos, na fronte um par de cornos!
    [Dirigindo-se a Mamillius]
Vai, menino, brincar... tua mãe brinca;
Brinco, também, mas meu papel é infame,

1.2

 E serei até o túmulo vaiado.[24]
 Desprezo e zombaria serão meu toque.
 Vai, menino, brincar. Se não me engano,
 Já houve, sim, cornudo no passado,
 E neste instante, agora enquanto falo,
 Tem muito homem, de braços co' a esposa,
 Que mal suspeita que ela foi dragada,
 Que seu vizinho, o tal Senhor Sorriso,
 Pescou em seu lago... Eis o meu conforto:
 Outros senhores têm suas comportas,
 Comportas que se abrem, como as minhas,
 Contra a sua vontade. Se todo homem
 De mulher infiel desesperasse,
 Se enforcaria um décimo do mundo.
 Não há remédio; é um planeta obsceno,
 Cuja ação é nefasta na ascendente,[25]
 Com poder, leste a oeste, norte a sul;
 Enfim: não há barricada p'ra barriga.
 Sabei: nela o inimigo entra e sai,
 Com saco e munição...[26] milhares de homens
 Têm o mal sem saber.
  [*Dirigindo-se a Mamillius*]
       Então, menino?

MAMILLIUS
 Pareço-me convosco, todos dizem.

LEONTES
 Ora, isso já me traz algum consolo.
 Estás aí, Camilo?

CAMILO
      Sim, senhor.

---

24) É impossível recriar o trocadilho inerente ao verbo *to play*, que, em inglês, significa, ao mesmo tempo, 'brincar' e 'encenar'.
25) Diversos estudiosos identificam aqui referência ao planeta Vênus.
26) A expressão original é "*bag and baggage*": Orgel registra, em gíria elisabetana, o sentido "o escroto e seu conteúdo" (p. 106). Andrews faz comentário semelhante (p. 26).

1.2

LEONTES
    Mamillius, vai brincar; tu és honrado.
    [*Sai Mamillius*]
    Camilo, esse eminente senhor fica.

CAMILO
    Não foi tarefa simples fixar a âncora;
    Voltava, ao ser lançada.

LEONTES
                    Tu notaste?

CAMILO
    Ao vosso pedido não quis ficar;
    Por questões mais prementes.

LEONTES
                    Percebeste?
    [*À parte*]
    Todos sabem; cochicham em segredo,
    'Nosso Rei é um...'; eis que corre à solta,
    Sou o último a saber... Então, Camilo,
    Por que ficou?

CAMILO
                Cedeu à boa Rainha.

LEONTES
    À Rainha, pois;[27] 'boa' seria certo,
    Mas, sendo o que é, não é. Além de ti,
    Alguém mais percebeu? Absorves mais
    Do que as cabeças ocas. Só as mentes
    Mais sutis o notaram, não é mesmo?
    Pessoas de cabeça extraordinária?
    A ralé não vê essas questões? Diz.

---

27) O original registra: "*be't*": ao ser pronunciada, a contração forma trocadilho inadaptável, remetendo à palavra "*bed*" (cama).

CAMILO
> Questões, senhor? Acho que a maioria
> Sabe que o Rei da Boêmia fica mais.

LEONTES
> Hein?

CAMILO
> Fica mais.[28]

LEONTES
> Sim, mas por quê?

CAMILO
> Satisfazer à Vossa Alteza e à instância
> Da bondosa dama.

LEONTES
>   Satisfazer?
> À instância da dama? Satisfazer?[29]
> Basta. Tenho-te confiado, Camilo,
> Com segredos de Estado e coração,
> E tu, qual sacerdote, a alma aliviavas;
> Ao deixar-te, então, sentia-me mais puro.
> Mas iludiu-me a tua integridade,
> Iludiu-me o aparente.

CAMILO
>   Deus me livre!

---

28) No original, Camilo diz: "*Bohemia stays here longer*". Inseguro e desconfiado, Leontes, que nove versos acima sugere, através de um trocadilho, que Políxenes teria ficado à cama da Rainha (vide nota 27), agora ouve "*stays her longer*", i.e., a satisfaz por mais tempo, sexualmente; diante do espanto do Rei, Camilo repete a frase, supõe-se, articulando claramente cada palavra. A tradução procura resgatar o sentido duplo e a sonoridade aproximada entre a palavra "fica" e um termo chulo, amplamente utilizado no Brasil, para o pênis.

29) Diversos estudiosos comentam que Leontes emprega a palavra em sua acepção sexual. Com efeito, desde o momento, logo acima, em que Leontes se assusta, parecendo ouvir mal as palavras de Camilo, obrigando-o a repeti-las, as falas de Camilo têm, para o Rei, duplo sentido.

1.2

LEONTES
    Insisto: tu não és honesto; ou,
    Se para isso tens inclinação,
    És covarde, que ataca a honestidade
    Pelas costas, impedindo-lhe o curso;
    Ou és servo que, ao conquistar confiança,
    Torna-se negligente; ou imbecil,
    Que vê o fim do jogo, o troféu ganho,
    E acha que é brincadeira.

CAMILO
                  Meu senhor,
    Posso ser negligente, tolo e fraco;
    Homem nenhum está isento disso,
    Pois negligência, tolice e fraqueza,
    Ante as ações infindas deste mundo,
    Às vezes, transparecem. Meu senhor,
    Se fui em vossos préstimos um dia
    Negligente convicto, foi tolice;
    Se empenhado em servir passei por tolo,
    Fui negligente, não prevendo o fim;
    Se receei fazer algo cujo efeito
    Me parecia incerto, e cuja ação
    Tenha denunciado minha inércia,
    Foi temor que, por vezes, contagia
    Os mais sábios. De tais males, senhor,
    A honestidade nunca se vê livre.
    Mas peço-vos, senhor, sede mais claro;
    Ponde-me cara a cara com meu erro...
    Se o negar, não é meu.

LEONTES
                  Viste, Camilo...
    Mas, sem dúvida; viste, ou tua retina
    É mais espessa que chifre de corno...
    Quiçá ouviste... ante algo assim flagrante
    O rumor não se cala... então, pensaste...
    Pois falha em razão o homem que não pensa...

1.2

    Minha mulher é infiel? Confessa logo,
    Ou então, nega, descaradamente,
    Que tens olhos, ouvidos ou juízo;
    Diz, pois, minha mulher é montaria;
    Merece a fama de qualquer fiandeira
    Que antes do compromisso se entrega...
    Fala, e diz-me por quê.

CAMILO
    Eu jamais ouviria, passivamente,
    Minha soberana assim caluniada,
    Sem vingar-me na hora. Maldição!
    Nunca falastes algo tão indigno,
    E repeti-lo é tão grave pecado
    Quanto aquele, se fosse verdadeiro.

LEONTES
    É nada, sussurrar? Rosto colar?
    Roçar nariz? Beijarem-se nos lábios?
    Interromper o riso com suspiro?...
    Prova infalível de infidelidade!
    Brincar de pé sobre pé? Pelos cantos
    Andar? Querer mais rápido o relógio?
    Transformar hora em minuto? Querer
    Que meio-dia, seja meia-noite?[30]
    Querer todos os olhos com cegueira,
    Exceto os deles, p'ra não serem vistos
    Em sua perversão? Isso é nada?
    Então, o mundo inteiro nada é,
    O céu é nada, nada é, pois, a Boêmia,
    Minha mulher é nada, e esses nadinhas
    Nada querem dizer, se isso é nada.[31]

---

30) Isto é, desejar que o tempo passasse rápido quando os amantes não estivessem juntos (Orgel, p. 110).
31) No original, "*nothing*": Andrews assinala que, para o público elisabetano, a palavra teria um segundo sentido, obsceno, "*no-thing*", i.e., "sem a coisa", sem a protuberância (p. 32).

1.2

CAMILO
>Senhor, curai-vos da idéia infecciosa,
>E logo; é um perigo.

LEONTES
>   Diz, é verdade.

CAMILO
>Não, não, meu senhor!

LEONTES
>   É, sim... mentes, mentes!
>Mentes, Camilo, digo-te e odeio-te!
>És mesmo um xucro, imbecil escravo,
>Ou então um fingido oportunista
>Que enxerga, ao mesmo tempo, o bem e o mal
>E a ambos se inclina. Fosse o fígado[32]
>De minha mulher tão infeccionado
>Quanto a sua vida, ela não viveria
>Mais do que uma hora.

CAMILO
>   Quem a infecta?

LEONTES
>Ora, quem a exibe qual medalha,
>Pendurada ao pescoço: o Rei Boêmio.
>Se à minha volta houvesse fiéis criados,
>Capazes de enxergar a minha honra
>Tanto quanto os seus próprios interesses,
>Seus próprios lucros, decerto, fariam
>Algo que desfaria outros fatos.
>Sim, e tu, que o serves à nossa mesa,
>Tu, a quem fiz guindar do nada ao alto,
>Que podes enxergar, tão claramente

---

32) Conforme comentam Andrews (p. 32) e Evans (p. 1573), o fígado era considerado o repositório da paixão carnal.

1.2

      Quanto o céu vê a terra e a terra o céu,
      Como estou injuriado, poderias
      A taça temperar, dando ao inimigo
      Um sono duradouro; um gole desses,
      P'ra mim, que bom licor seria.

CAMILO
                    Senhor,
      Eu poderia fazê-lo, e prescindir
      Da poção fulminante, usando algo
      De ação menos violenta que o veneno;
      Mas não creio que a dama venerada,
      Soberana e honrada, tenha a mácula.
      Eu sempre vos amei...

LEONTES
                Se inda duvidas,
      Vai p'ra o inferno![33] Achas que sou parvo,
      Tão instável ao ponto de me expor
      A tal vexame? Manchar a pureza
      E a alvura da minha cama, lençóis
      Que, sem mácula, são tranqüilidade,
      Manchados, são espinhos e ferrões?
      Difamar o sangue do filho e Príncipe
      Que creio meu, e amo como meu,
      Sem motivo real? Eu faria isso?
      Serei tão baixo?

CAMILO
                Amo, devo crer-vos;
      Devo, e do Rei da Boêmia me encarrego...[34]
      Desde que, uma vez ele afastado,
      Vossa Alteza a Rainha recebei,
      Como antes, pelo bem do vosso filho,

---

33) No original: *"Make that thy question, and go rot!"*. Sigo a leitura de Orgel (p. 112), Andrews (p.34) e Schanzer (p. 171).
34) Diversos estudiosos comentam o duplo sentido das palavras de Camilo, talvez, já sugerindo a sua futura deserção dos serviços de Leontes.

1.2

    P'ra calar línguas em cortes e reinos,
    Conhecidos e aliados.

LEONTES
                      Aconselhas-me
    Segundo as minhas próprias intenções.
    Não hei de denegrir-lhe a honra, em nada.

CAMILO
    Ide então senhor, e, com o semblante
    Amável que a amizade exibe em festas,
    Acompanhai Boêmia e vossa Rainha.
    Eu o atendo à mesa; se de mim
    Bebida salutar lhe for servida,
    Não me tenhais por criado.

LEONTES
                      Muito bem;
    Age, e tens parte do meu coração;
    Não ajas, sangras o teu.

CAMILO
                      Agirei, amo.

LEONTES
    Parecerei cortês, como disseste.

    Sai

CAMILO
    Oh, senhora infeliz! E quanto a mim,
    Que situação! Devo o bom Políxenes
    Envenenar, só por obediência
    A um amo, que, em conflito co' ele próprio,
    Dos seus exige o mesmo. Se eu agir,
    Virá a promoção... Inda que eu achasse
    Milhares de assassinos de reis, santos
    Que a prosperar viessem, não o faria.

Mas como bronze, pedra ou pergaminho
Não registram sequer um só exemplo,
Que o próprio mal tal ato repudie!
Devo deixar a corte; agindo ou não,
Arrisco o meu pescoço. Valei-me astros!
Eis o Rei da Boêmia.

Entra Políxenes.

POLÍXENES
                    É estranho...
Meu prestígio parece encolher. Mudo?
Bom-dia, Camilo.

CAMILO
                  Salve, majestade!

POLÍXENES
   Novas da corte?

CAMILO
                  Nada de mais, amo.

POLÍXENES
   O Rei tem o semblante de quem perde
Uma província, terra que estimasse
Como a si mesmo. Acabo de saudá-lo,
Como sempre; porém, desviando o olhar,
E contraindo os lábios em desdém,
Apressado, afastou-se, ali deixando-me
A imaginar o quê terá causado
Tamanha alteração.

CAMILO
   Não me atrevo a sabê-lo, meu senhor.

POLÍXENES
   Não te atreves? Pois, sabes e não dizes?

1.2

      Só pode ser isso... Diz o que sabes;
      A ti mesmo tu não podes dizer
      Que não ousas saber o que bem sabes.
      Bom Camilo, feições tão alteradas
      São um espelho que reflete as minhas;
      Decerto, a alteração me diz respeito,
      Pois me alterou também.

CAMILO
                         Há uma doença
      Que destempera alguns de nós; não posso
      Nomeá-la, e foi de vós pega, de vós
      Que ainda estais sadio.

POLÍXENES
                         Pega de mim?
      Não me atribuas o olhar do basilisco.[35]
      Já olhei p'ra milhares de pessoas,
      E o meu olhar as fez só vicejar,
      Não fenecer. Camilo, se tu és,
      Decerto, um cavalheiro e, além disso,
      Um homem instruído, o que não menos
      Adorna a estirpe que os nomes dos pais,
      Em cuja descendência[36] somos nobres,
      Peço-te: se algo sabes que a mim toca,
      Não o deixes na prisão da ignorância.

CAMILO
      Não posso responder.

POLÍXENES
      Um mal pego de mim, e eu inda são?
      Exijo uma resposta. Ouve, Camilo:

---

35) Reptil mítico, de oito pernas, segundo alguns, em forma de serpente, capaz de matar pelo bafo, pelo contato ou apenas pela vista, e segundo outros em forma de serpente ápode com um só olho na fronte (Crystal, p. 34; *Dicionário Aurélio* Século XXI, versão eletrônica).
36) O original traz aqui "*In whose success*"; sigo a interpretação de Orgel (p. 114), Dolan (p. 20), Schanzer (p. 173) e Evans (p. 1575).

Suplico-te, em nome dos deveres
Impostos pela honra, este pedido,
Não sendo o mais ínfimo, que reveles
O risco que se arrasta para mim;
Se ainda está distante, ou já vem próximo,
Como evitá-lo, se isso for possível,
Se não, como enfrentá-lo.

CAMILO
       Vou contar-vos,
Senhor, pois fui instado em nome da honra,
E por quem acredito seja honrado.
Ouvi, portanto, meu conselho; deve
Ser seguido co' a pressa que vos falo,
Ou, juntos, gritaremos "já perdidos!",
E, então, será o fim.

POLÍXENES
      Fala, Camilo.

CAMILO
 Estou encarregado de matar-vos.

POLÍXENES.
 Por quem, Camilo?

CAMILO
      Pelo Rei.

POLÍXENES
       Por quê?

CAMILO
 Ele acredita, não, jura, convicto,
Como se houvesse visto, ou vos forçado
A fazê-lo, que a Rainha vós tocastes
Maldosamente.

1.2

POLÍXENES
                Oh, então, meu sangue
Que vire geléia infecta, meu nome
Se atrele ao daquele que traiu o Justo![37]
Que adquira a minha sã reputação
Sabor capaz de ofender as narinas
Mais insensíveis,[38] onde quer que eu chegue,
E que todos me evitem, não, me odeiem,
Pior do que a maior peste já vista.

CAMILO
Podeis mais forte que ele, então, jurar,
Pela força de todas as estrelas:
É proibir o mar seguir a lua,
Tentar com vossas juras abalar
O edifício do Rei tão desvairado,
Cujo alicerce em convicção se apóia,
E há de durar enquanto ele viver.

POLÍXENES
De onde surgiu tudo isso?

CAMILO
Não sei; mas, estou certo, é mais seguro
Evitar que indagar sobre o ocorrido.
Portanto, se confiais na lealdade
Que em meu peito se encerra, e que convosco
Empenhada levais, fugi esta noite.
Sussurro o caso aos vossos seguidores,
E, em grupos de dois, três, faço-os sair
Da cidade, por portas diferentes.
Quanto a mim, ponho a sorte em vossas mãos,
Pois a perdi com esta confissão.
Não hesiteis; pela honra dos meus pais,
Falo a verdade... Se buscardes prova,

---

37) Conforme apontam vários estudiosos, a alusão aqui é a Judas e a Cristo.
38) O apelo a sentidos, por assim dizer, "trocados" constitui eloqüente sinestesia.

Aqui não ficarei; nem estareis
Mais seguro do que um condenado,
Pelo próprio Rei jurado de morte.

POLÍXENES
Eu acredito em ti; no rosto dele
Vi seu coração. Dá-me a tua mão;
Sê meu piloto, sempre do meu lado.
Meus barcos estão prontos, e meus homens
Há dois dias esperam p'la partida.
O ciúme é de preciosa criatura.
Sendo ela rara, ele será grande;
E sendo poderoso o Rei, o ciúme
Violento será; se ele se julga
Desonrado por um homem que sempre
Afeto declarou-lhe, sua vingança
Mais amarga será. Medo me abate.
Que bons ventos me levem, e consolem
A bondosa Rainha, envolta em trama,
Sem culpa da suspeita infundada.
Vem, Camilo, serás p'ra mim um pai,
Se salvares mi'a vida. Vem, partamos.

CAMILO
Permanecem sob minha autoridade
As chaves dos portões. Sabei, Alteza,
Que o tempo urge. Depressa, senhor, vamos.

Saem

ATO 2

2.1¹ *Entram Hermione, Mamillius e Damas*²

HERMIONE
    Levai daqui o menino;
    Perturba-me, e não agüento mais.

PRIMEIRA DAMA
    Vamos, gentil senhor; brincamos juntos?

MAMILLIUS
    Não, contigo eu não quero.

PRIMEIRA DAMA
    Por que, caro senhor?

MAMILLIUS
    Tu me beijas demais; falas comigo
    Como se eu inda fosse um bebezinho.
        [*Dirigindo-se a outra dama*]
    Eu gosto mais de ti.

SEGUNDA DAMA
    E por que, meu senhor?

---

1) Local: Sicília, palácio de Leontes.
2) O *Fólio* registra, também, a entrada de Leontes, Antígono e Nobres (p. 281).

MAMILLIUS
> Não é porque
> Tuas sobrancelhas sejam mais escuras,
> Embora digam que certas mulheres
> Ficam melhor com sobrancelhas negras,
> Se não muito peludas, só um arco,
> Ou uma meia lua feita à pena.[3]

SEGUNDA DAMA
> Quem vos ensinou isso?

MAMILLIUS
> Aprendi com as faces das mulheres.
> Diz, que cor são as tuas sobrancelhas?

SEGUNDA DAMA
> São azuis, meu senhor.

MAMILLIUS
> Não, tu zombas de mim. Já vi mulher
> De nariz azul, mas não sobrancelha.

PRIMEIRA DAMA
> Escutai, a Rainha, vossa mãe,
> Está mais gordinha. Qualquer dia desses,
> Estaremos servindo um belo príncipe,
> E então só podereis brincar conosco
> Se quisermos.

SEGUNDA DAMA
> Está bastante grande...
> Que tenha uma boa hora!

---

3) O ideal petrarquiano da beleza loura é tema freqüente de questionamento poético, por parte de Shakespeare, e.g., nos *Sonetos* (130, 131 e 132).

2.1

HERMIONE
    Que assunto vos agita? Vem, menino,
    Sou novamente tua. Senta a meu lado,
    E conta-nos um conto.

MAMILLIUS
                      Alegre ou triste?

HERMIONE
    Que seja alegre, se assim tu quiseres.

MAMILLIUS
    Vai melhor com o inverno um conto triste;[4]
    Conheço um de fantasmas e duendes.

HERMIONE
    Então, vamos a ele, bom menino.
    Vem, senta aqui, e tenta me assustar
    Com teus fantasmas; és perito nisso.

MAMILLIUS
    Era uma vez um homem...

HERMIONE
    Não, senta aqui primeiro, então, prossegue.

MAMILLIUS
    Que morava ao lado do cemitério...
    Vou falar baixo, p'ra aquelas cigarras[5]
    Não ouvirem.

HERMIONE
                Vem, conta ao meu ouvido.
    [Entram Leontes, Antígono e Nobres]

---

4) Segundo Orgel, constava que contos do inverno, assim como histórias contadas por velhas, faziam passar o tempo (p. 120). Furness indaga por que um conto triste haveria de condizer melhor com o inverno, e invoca a resposta, um tanto óbvia, de Malone: porque vai bem com a estação sombria (p. 73).
5) Referindo-se às damas tagarelas.

LEONTES
>Foram ao seu encontro? Todo o séquito?
>Camilo junto a ele?

NOBRE
>Encontrei-os atrás do pinheiral;
>Homens tão apressados nunca vi.
>Segui-os com o olhar até os navios.

LEONTES
>Abençoado é meu justo julgamento,
>Minha opinião sensata! Quem me dera
>Saber menos! Maldita bênção a minha!
>Pode haver uma aranha numa taça,
>E alguém, sem notar, beber, ir embora,
>E escapar do veneno: ignorância
>Não infecta; porém, se lhe mostrarem
>O ingrediente infame, revelando-lhe
>O que bebeu, as tripas põe p'ra fora,
>Em meio a violentas contorções.[6]
>Bebi e vi a aranha. Foi Camilo
>Quem o ajudou; agiu como um Pândaro.[7]
>Tramam contra mi'a vida, mi'a coroa;
>Tudo o que suspeitei era verdade...
>O hipócrita vilão em meu serviço
>A ele servia; meu plano revelou,
>E agora estou acuado, um joguete
>Para os dois... e os portões foram abertos?

NOBRE
>Por ordem dele, tantas vezes válida
>Como a vossa.

---

6) Segundo a sabedoria popular, a presença de aranhas na comida ou bebida causava o envenenamento (Orgel, p. 120; Evans, p. 1576).
7) Alusão ao tio de Créssida, que atua como alcoviteiro na lenda popularizada por Geoffrey Chaucer, no poema *Troilus and Criseyde*, e pelo próprio Shakespeare, na peça *Troilus and Cressida*.

2.1

LEONTES
                    Sei disso muito bem.
          [*Dirigindo-se a Hermione*]
          Entrega-me o menino. É ventura
          Que tu não o tenhas amamentado.
          Embora alguns dos traços sejam meus,
          O sangue é teu.

HERMIONE
                    Que é isso? Brincadeira?

LEONTES
          O menino levai![8]
          Não se aproximará mais desta aqui.
          Levai-o, e que ela brinque com aquele
          Que a engorda, pois foi mesmo Políxenes
          Que te deixou inchada.
              [*Sai uma Dama, com Mamillius*]

HERMIONE
                              Bastaria
          Que eu o negasse, e estou certa que em mim
          Tu acreditarias, mesmo que
          Inclinasses p'ra o não.

LEONTES
                              Nobres senhores,
          Contemplai-a, olhai-a bem; estais prestes
          A dizer que é mulher das mais virtuosas,
          Mas vossos corações justos dirão:
          É pena que não seja honesta, honrada;
          Elogiai-a só pela aparência,
          Que, eu sei, merece canto de louvor,
          E logo o dar de ombros, 'huns!' e 'ahs!',
          Pequenas marcas que a calúnia emprega...
          Oh! Engano meu!... é a misericórdia,

---

8) Dirigindo-se às damas, portanto, segunda pessoa do plural.

Pois calúnia consome só virtude;
Esses dar de ombros, esses 'huns!' e 'ahs!',
Depois de haverdes dito 'é virtuosa',
Vos interrompem, antes que digais
'É honesta'. Tomai conhecimento —
Daquele que mais sofre co' o agravo —
É adúltera!

HERMIONE
           Vilão que assim falasse,
Fosse já o maior vilão do mundo,
Ainda mais vilão se tornaria...
Mas vós, senhor, estais só enganado.

LEONTES
      O engano é vosso, senhora, tomastes
Políxenes por Leontes. Ó tu, coisa...
Não posso a tua estirpe insultar,[9]
Ou a barbárie, seguindo meu exemplo,
Há de empregar linguagem semelhante,
E ignorar as devidas distinções
Entre princesa e cortesã.[10] Já disse
Que é adúltera; já disse com quem.
E mais, é traidora, e Camilo
É cúmplice, estando a par de algo
Cuja ciência, por brio, ela devia
Apenas com o comparsa partilhar:
Que é boa de cama, e que é tão baixa
Quanto as que a ralé achincalha; mais,
É cúmplice da fuga.

---

9) A mudança de pronome de tratamento segue o original, e expressa a alteração emocional por parte de Leontes.
10) Segundo registra Andrews, no inglês elisabetano, a palavra "*beggar*", além do sentido óbvio (mendigo, mendiga), conotava "prostituta" (p. 52). Rubinstein confirma a leitura de Andrews e arrola inúmeros trechos em outras peças shakespearianas em que "*beggar*" conota os sentidos "prostituta, rameira" (p. 23).

2.1

HERMIONE
       Não sou, juro!
 Não sou de nada cúmplice... remorso
 Sentireis, quando virdes com clareza
 O quanto me execrastes! Meu senhor,
 Mal podereis honrar-me agora, mesmo
 Reconhecendo que vos enganastes.

LEONTES
 Não, se estou enganado quanto à base
 Sobre a qual construo, o centro da terra
 Não vai suster o peso do pião
 De um escolar. Levai-a para o cárcere.
 Defendê-la, será incriminar-se...
 Por ter aberto a boca!

HERMIONE
 É influência negativa de algum astro.
 Devo ser paciente, até que o céu
 Apresente um aspecto favorável.
 Meus senhores, não costumo chorar
 Como fazem as do meu sexo e, assim,
 Talvez, a ausência desse orvalho frívolo
 Seque totalmente a vossa piedade.
 Mas aloja-se em mim a dor honrosa
 Que abrasa, e que não pode ser extinta
 Pelas lágrimas. Rogo-vos, senhores,
 Julgai-me com a razão bem instruída
 Pela bondade, e seja feita, então,
 A vontade do Rei.

LEONTES
       Serei ouvido?

HERMIONE
 Quem me acompanha? Rogo-vos, Alteza,
 Deixai comigo as aias; bem o vedes,
 Meu estado o exige.

> [*Dirigindo-se às aias*]
>   Não choreis...
> Que bobinhas, não há por que chorar.
> Se souberdes um dia que vossa ama
> A prisão mereceu, à mi'a saída,
> Afogai-vos em lágrimas; a ação
> Que me aguarda será a minha graça.[11]
> Adeus, senhor. Jamais desejei ver
> Vosso pesar; agora, com certeza,
> O verei... Aias, vinde, já podeis.

LEONTES
> Cumpri a minha ordem, ide logo!
>   [*Saem a Rainha, escoltada, e as aias*]

NOBRE
> Rogo-vos, Alteza: chamai a Rainha.

ANTÍGONO
> Pensai no que fazeis, senhor, p'ra não
> Confundir a justiça e a violência,
> Causando dor a três nobres pessoas:
> A vós, vossa Rainha e vosso filho.

NOBRE
> Por ela, meu senhor, aposto a vida,
> E apostarei, senhor... se o aceitardes...
> Que a Rainha está imaculada,
> Ante o céu e ante vós... quero dizer,
> Naquilo que a acusais.

ANTÍGONO
> Se ficar comprovada a sua culpa,
> Alojarei no estábulo a esposa,
> E co' a esposa em parelha ficarei;

---

11) Orgel e Andrews apontam a conotação espiritual, cristã da palavra "*grace*", aqui empregada por Hermione (respectivamente, pp. 125 e 56).

2.1

        Nela só confiando se estivesse
        Ao alcance dos olhos e das mãos;
        Pois, o menor pedaço de mulher,
        Sim, a menor das gotas de mulher,
        Será infiel, se ela o for.

LEONTES
                Calai-vos.

NOBRE
        Meu senhor...

ANTÍGONO
        Por vós é que falamos, não por nós.
        Por algum impostor fostes logrado...
        Maldito seja... se eu o conhecesse,
        Sua vida seria o inferno na terra!
        Se na honra da Rainha houver brecha...
        Tenho três filhas: a mais velha de onze,
        A segunda nove, e a outra quase cinco;
        Se for verdade, elas pagarão.
        Palavra de honra, esterilizo as três...
        Antes de completarem catorze anos,
        P'ra que não gerem prole ilegítima.
        São co-herdeiras... prefiro me castrar
        A vê-las conceber filhos bastardos.

LEONTES
        Basta, quieto! Farejas a questão
        Co' a sensibilidade de um defunto;
        Eu, porém, vejo e sinto, como quem
        Sente isto
            [*Bate no próprio peito*],[12]
                e vê o que causa a sensação.

---

[12] Segundo outros editores, Leontes aqui aperta o nariz, a barba ou o braço de Antígono. Sigo Orgel (p. 126).

ANTÍGONO
>Se for assim, não mais precisaremos
>De cova para enterrar a castidade,
>Pois já não há um grão[13] a amenizar
>A Terra besuntada com esterco.

LEONTES
>O quê! Não me dais crédito?

NOBRE
>Nessa questão, senhor, será melhor
>Que vós não tenhais crédito, do que eu;
>Mais feliz me faria confirmar
>A honra da Rainha que a suspeita,
>Por mais que isso vos incriminasse.

LEONTES
>Por que debateria isso convosco,[14]
>Em lugar de seguir meu forte impulso?
>No meu status, prescindo de conselhos;
>É mi'a boa vontade que vos ouve.
>Se estiverdes, assim, estupefatos,
>Ou se por fingimento, não podeis
>Ou não quereis, como nós, a verdade,
>Sabei, vossos conselhos eu dispenso.
>A questão, as perdas, ganhos, medidas
>Só cabem mesmo a mim.

ANTÍGONO
>   Senhor, quem dera,
>Houvésseis em silêncio apurado,
>Sem muito alarde.

---

13) Em elipse, "de castidade", "de pureza".
14) Vale lembrar que Leontes discute não apenas com Antígono, mas com outros nobres presentes, um dos quais possui falas na cena; daí o sentido plural.

2.1

LEONTES
                      Como podia ser?
Ou ficaste imbecil com a velhice,
Ou já nasceste tolo. A escapada
De Camilo somada à intimidade...
Sim, tão palpável quanto a dedução
Que só carece da prova ocular
Para ser comprovada, e aos demais
Indícios aduzida... a ação impelem.
Contudo, p'ra final confirmação...
Pois em um caso dessa gravidade
A precipitação é deplorável...
À sagrada Delfos, Templo de Apolo,
Enviei Dion e Cleômenes, cuja
Competência conheceis.[15] A verdade[16]
Vem do oráculo, e o conselho divino,
Ouvido, há de deter-me ou incitar-me.
Terei agido bem?

NOBRE
                      Sim, meu senhor.

LEONTES
Embora eu já esteja convencido
E não precise mais do que já sei,
O oráculo acalma o espírito
Daqueles que, como este,[17] a ignorância
Faz crédulos, impérvios à verdade.
Portanto, achei por bem encarcerá-la,
Afastá-la de minha companhia,
Por receio que a trama dos fujões
Seja levada a cabo, então, por ela.
Vinde, segui-me; em público falemos,
Pois a questão a todos nos provoca.

---

15) No original, "*whom you know / Of stuffed sufficiency*". Sigo a leitura de Samuel Johnson, citada por Orgel (p. 128).
16) No original, simplesmente, "*all*". Sigo a leitura de Orgel (p. 128), corroborada por Schanzer (p. 178).
17) Referindo-se a Antígono.

ANTÍGONO[18]
>À risada, a meu ver, se a verdade
>Fosse bem conhecida.
>   [*Saem*]

2.2[19] *Entram Paulina, um Cavalheiro e Criados*[20]

PAULINA
>Chamai o carcereiro; anunciai-me.
>   [*Sai o Cavalheiro*]
>Nobre dama, não há corte na Europa
>Que esteja além de ti; que fazes, pois,
>Na prisão?
>   [*Entram o Cavalheiro e o Carcereiro*]
>   Bom senhor, reconheceis-me,
>Não é verdade?

CARCEREIRO
>   Sim, sois digna dama,
>A quem muito respeito.

PAULINA
>   Sendo assim,
>Por obséquio, levai-me até a Rainha.

CARCEREIRO
>Impossível, senhora, pois tenho ordens
>Expressas em contrário.

PAULINA
>   Que transtorno...
>Trancar a honra e a virtude, impedindo-lhes
>O acesso de corteses visitantes.

---

18) Em várias edições, esta fala é marcada "à parte".
19) Local: Sicília, uma prisão.
20) O *Fólio* registra: Entram Paulina, um Cavalheiro, o Carcereiro e Emília (p. 283).

2.2

    É lícito, pergunto-vos, ver aias?
    Uma delas? Emília?

CARCEREIRO
                  Se quiserdes,
    Senhora, despachar esses criados,
    Eu vos trarei Emília.

PAULINA
                Por favor,
    Chamai-a, sem demora. Retirai-vos.
    [Saem o Cavalheiro e os Criados]

CARCEREIRO
    E, senhora, preciso estar presente
    Durante o vosso encontro.

PAULINA
                    Está bem; vá.
    [Sai o Carcereiro]
    Que transtorno... querer, a todo custo,
    Tingir e manchar o que não tem mancha.
    [Entram o Carcereiro e Emília]
    Boa dama, como está nossa Rainha?

EMÍLIA
    Tão bem quanto possível à pessoa,
    Ao mesmo tempo, tão nobre e tão triste.
    O medo e o desgosto... dama alguma
    Suportou mais do que ela... provocaram-lhe
    O parto prematuro.

PAULINA
                Um menino?

EMÍLIA
    Menina, uma bela menininha,
    Forte e, parece, vai sobreviver.

   Ela traz bom consolo à Rainha,
   Que lhe diz: 'Minha pobre prisioneira,
   Somos duas inocentes'.

PAULINA
   Juro! Maldita seja a perigosa
   E arriscada lua do Monarca!
   Ele precisa ouvir isso, e ouvirá;
   É encargo de mulher. Eu mesma vou;
   Se eu lhe disser palavras adoçadas,[21]
   Que se cubra de pústulas mi'a língua,
   E jamais volte a atuar como trombeta
   Da minha rubra cólera. Emília,
   Por favor, afirmai minha obediência
   Junto à Rainha; se ela confiar-me
   A criança, mostrá-la-ei ao Rei;
   Prometo advogar-lhe a plenos pulmões.
   Nunca se sabe se ele, ao ver a criança,
   Não amolece... às vezes, o silêncio
   Da inocência convence mais que a fala.

EMÍLIA
   Digníssima senhora, são tão óbvias
   Vossa honra e bondade que a missão
   Não ficará sem êxito... P'ra tal
   Incumbência ninguém será melhor.
   Passai, senhora, à sala aqui ao lado;
   Transmito a vossa nobre oferta à Rainha,
   Que inda hoje insistia nessa idéia,
   Mas não ousou pedir a interseção
   De ministro, por medo de recusa.

PAULINA
   Diz-lhe, Emília, valho-me da língua;
   Se fluir dela eloqüência, qual coragem

---

21) Isto é, em vez da verdade "amarga".

2.2

>   Que ora flui do meu peito, não duvides
>   Do meu sucesso.

EMÍLIA
>   Deus vos abençoe.
>   Vou ter com a Rainha; aproximai-vos.

CARCEREIRO
>   Senhora, se a Rainha concordar
>   Em vos enviar a criança, eu não sei
>   Ao certo ao que me exponho, ao permiti-lo
>   Sem autorização.

PAULINA
>   Nada temais;
>   A criança era do ventre prisioneira;
>   Libertaram-na as leis e os processos
>   Da Natureza; nada tem a ver
>   Com a fúria do Rei, nem é culpada...
>   Se existe culpa... do erro da Rainha.

CARCEREIRO
>   Assim o creio.

PAULINA
>   Nada temais; palavra de honra: hei
>   De colocar-me entre vós e o perigo.
>   *Saem*

2.3[22] *Entra Leontes*[23]

LEONTES
    Nem de dia nem de noite, não descanso.
    É sinal de fraqueza assim reagir;
    Pura fraqueza, não mais existisse
    A causa... uma parte só da causa,
    Ela, a adúltera; já o Rei libertino
    Está fora do alcance do meu braço,
    Fora da minha mira, imune a tramas;
    Mas eu posso enganchá-la... por exemplo,
    Se desaparecesse, consumida
    Pelo fogo,[24] metade do meu sono
    Talvez a mim voltasse. Quem vem lá?
        [*Entra um Criado*]

CRIADO
    Meu senhor?

LEONTES
    Como está o menino?

CRIADO
    Esta noite dormiu bem; esperamos
    Que o mal tenha passado.

LEONTES
                   Como é nobre;
    Vê-lo assim ante a desonra da mãe!
    Ficou logo abatido, tão prostrado;
    Sentiu profundamente, a si chamando

---

22) Local: Palácio de Leontes.
23) O *Fólio* registra: Entram Leontes, Criados, Paulina, Antígono e Nobres (p. 284). Schanzer vê um equívoco na rubrica, e alega que as falas de Leontes "Quem vem lá?" (linha 11) e "Deixa-me só" (linha 21) indicam que o Rei entra em cena desacompanhado, e que Antígono, Nobres e Criados não surgem até o momento em que tentam conter Paulina (p. 180).
24) Schanzer comenta que a morte por fogo era a punição atribuída a mulheres consideradas culpadas de traição (por exemplo, por assassinato, ou envolvimento no assassinato, do marido ou patrão). Leontes acredita que Hermione trai o Estado e o Rei (p. 180).

2.3

    A vergonha, perdeu o bom humor,
    O apetite, o sono, e definhou.
    Deixa-me só; vai ver como ele está.
       [Sai o Criado]
    Vergonha, que vergonha! Não pensemos
    Mais nele;[25] o pensamento de vingança,
    Por si só, já me agride... ele tem força,
    Poderosos aliados; esperemos
    O momento propício. Vou vingar-me;
    Agora ela... Camilo e Políxenes
    Zombam de mim, diverte-os minha dor;
    Não mais zombariam, se eu os alcançasse,
    Tampouco ela o fará, sob meu poder.
       Entra[m] Paulina [com um bebê, acompanhada de Antígono, Nobres e Criados]

NOBRE
    Vós não podeis entrar.

PAULINA
    Não, ora, meus senhores, apoiai-me!
    Mais temeis pela cólera despótica
    Que p'la vida da Rainha? Alma ingênua,
    Boa, mais pura do que ele é ciumento!

ANTÍGONO
    Basta.

CRIADO
       A noite passada, mi'a senhora,
    Não dormiu, e ordenou que nenhum súdito
    A ele se achegasse.

PAULINA
              Acalmai-vos,
    Senhor, venho trazer-lhe apenas sono.

---

25) Isto é, em Políxenes.

    Pessoas como vós, que em redor dele
    Como sombras se arrastam, e suspiram
    Ecoando-lhe os gemidos infundados,
    Pessoas como vós, lhe alimentam
    A insônia. Quanto a mim, trago palavras
    Tão salutares quanto verdadeiras...
    P'ra purgá-lo do humor[26] que tanto o oprime
    E que lhe tira o sono.

LEONTES
    Que barulheira é essa?

PAULINA
    Não é barulho, senhor, é tão-somente
    Conversa necessária, sobre a escolha
    De compadres p'ra Vossa Alteza.

LEONTES
                          Como?
    Levai daqui essa dama tão atrevida!
    Antígono, ordenei-te que a impedisses
    De se chegar a mim; eu bem sabia
    Que ela viria.

ANTÍGONO
              Eu disse-lhe, senhor,
    Que, sob pena do vosso desagrado
    E do meu, ela não vos procurasse.

LEONTES
    Como! Não és capaz de comandá-la?

---

26) Na acepção aqui empregada, "humor", segundo o *Dicionário Aurélio 2001* (versão eletrônica), é cada um dos quatro tipos de matéria líquida ou semilíquida que existiriam no organismo humano e que, no indivíduo sadio, se encontrariam em equilíbrio e lhe caracterizariam o temperamento; a ruptura de tal equilíbrio determinaria o aparecimento de doença. Eram os humores: o sangue, a fleuma, a bílis amarela e a bílis negra. A disfunção de Leontes seria a melancolia, supostamente, causada por excesso de bílis negra (Andrews, p. 70; Dolan, p. 35).

2.3

PAULINA
    Quanto a atos desonestos, não, jamais!
    Quanto à questão presente, a não ser
    Que ele adote o vosso procedimento...
    Prendendo-me por estar presa à honra...
    Sabei, senhor, em mim ele não manda.

ANTÍGONO[27]
    Ouvistes bem! Dispara, sem tropeços,
    Se as rédeas lhe entrego.

PAULINA
                     Meu bom Rei,
    Venho à vossa presença... e suplico
    Que me escuteis, pois sou fiel criada,
    A vossa cura, mais servil conselho,
    Embora, ao aliviar o vosso mal,
    Eu ouse parecer muito menor
    Do que os que vosso mal apóiam... Digo-vos,
    Venho a mando da virtuosa Rainha.

LEONTES
    Virtuosa Rainha!

PAULINA
    Virtuosa Rainha, meu senhor,
    Virtuosa; eu vos digo, virtuosa,
    E, em combate, a sua honra eu provaria,
    Se fosse homem, embora o menos nobre
    Dentre vós!

LEONTES
              Arrastai-a já daqui.

---

27) Dirigindo-se a Leontes.

PAULINA
   O que não der valor aos próprios olhos
   Que encoste a mão em mim! Só por vontade
   Sairei; antes, porém, minha missão.
   A virtuosa Rainha... ela é virtuosa...
   Uma filha vos deu; ei-la, senhor;
   E pede a vossa bênção.
      [*Deposita no chão o bebê*]

LEONTES
                  Fora, bruxa!
   Levai-a já daqui, de porta afora!
   Alcoviteira imunda!

PAULINA
                  Isso não sou...
   Sou nisso ignorante como vós,
   Ao atribuir-me a fama, e sou tão digna
   Quanto sois louco, medida bastante,
   Garanto, p'ra, nos dias atuais,
   Por honesta passar.

LEONTES
                  Seus traidores!
   Não a enxotareis?
      [*Dirigindo-se a Antígono*]
                  Dá-lhe a bastarda,
   Velho idiota, capacho de mulher,
   Dona Penosa expulsa-te do mando.
   Apanha esta bastarda, apanha logo!
   Dá-lhe à tua velha bruxa.

PAULINA
                  Para sempre
   Sejam as tuas mãos mais desonradas,
   Se a princesa tomares pelo termo
   Vil por ele atribuído.

2.3

LEONTES
    Tem medo da esposa.

PAULINA
    Que assim fosse convosco; nesse caso,
    Sem dúvida, de vossos chamaríeis
    Vossos filhos.

LEONTES
              Covil de traidores!

ANTÍGONO
    Isso não sou, por esta luz.

PAULINA
                  Nem eu;
    Ninguém aqui, exceto um, ele mesmo;
    Ele que a própria honra, tão sagrada,
    A da Rainha, e a do infante esperançoso,
    Entrega à calúnia, cujos golpes
    Ferem mais que a espada; e se recusa...
    Conforme está o caso, é maldição
    Não se poder forçá-lo a recusar...
    A arrancar tal idéia p'la raiz,
    Que está tão pútrida quanto são íntegros
    O carvalho e a pedra.

LEONTES
                Meretriz
    Linguaruda, que há pouco no marido
    Batia, agora se bate contra mim!
    Não é mi'a a pirralha; é de Políxenes.
    Levai-a já daqui e, com a mãe,
    Atirai-a ao fogo.

PAULINA
                Ela é vossa;
    Como se diz: 'é a cara do papai,

2.3

    Sem tirar nem pôr'. Meus nobres senhores,
    Vede: embora em escala reduzida,
    É a cópia do pai... olhos, nariz,
    Os lábios, o semblante carrancudo,
    A testa, o sorriso, as covinhas
    Do queixo e das faces, o formato
    Das mãos, unhas e dedos. Ó Natura,
    Boa deusa, que a formaste tão igual
    Àquele que a gerou, se a ti couber
    Também temperamento colorir,
    Dentre as cores, exclui o amarelo,[28]
    Para que não suspeite, como ele,
    Que não são do marido os próprios filhos.

LEONTES
    Bruxa vulgar! E tu, grande canalha,
    Bem mereces a forca, por não seres
    Capaz de calar-lhe a boca.

ANTÍGONO
                             Enforcai
    Maridos incapazes de tal feito,
    E acabareis sem súditos.

LEONTES
                         Repito,
    Levai-a já daqui!

PAULINA
                     Amo mais indigno,
    Desnaturado, não faria pior.

LEONTES
    Vou mandar-te queimar!

---

28) Sabidamente, em Shakespeare, a cor do ciúme (Orgel, p. 137; Schanzer, p. 182; Andrews, p. 76; Evans, p. 1580).

2.3

PAULINA
                    Pouco me importa;
    Se o herege é que arma o fogaréu,
    Não aquela que nele arde. Tirano
    Não vos chamo; porém, o modo cruel
    Como tratais a vossa Soberana,
    E sem acusações senão advindas
    Da vossa delirante fantasia,
    À tirania cheira um pouco, e torna-vos
    Ignóbil, vergonhoso para o mundo.

LEONTES   [*Dirigindo-se a Antígono*]
    Por vosso juramento,[29] expulsai-a
    Desta sala! Se fosse eu um tirano,
    O que seria agora de sua vida?
    Jamais se atreveria a assim chamar-me,
    Se eu, de fato, o fosse. Fora com ela!

PAULINA
    Peço-vos, não me empurreis; já me vou.
    Olhai por vossa filha, meu senhor;
    Ela é vossa... que Júpiter envie
    À criança melhor guia espiritual.
    Por que a mim estendeis as vossas mãos?[30]
    Vós que sois tão lenientes co' a loucura,
    Jamais lhe fareis bem, nenhum de vós.
    Basta, basta; adeus, já vamos embora.
        Sai

LEONTES   [*Dirigindo-se a Antígono*]
    Traidor, incitaste tua mulher!
    Filha minha? P'ra fora já com ela!
    Tu, que por ela és tão terno, carrega-a,
    E manda-a queimar, de imediato.

---

29) Leontes invoca o juramento de vassalagem feito por súditos ao Rei. A partir desse momento, desobediência será considerada alta traição (Orgel, p. 138).

30) Paulina dirige-se aos presentes que a empurram para fora da sala, insinuando que deveriam se ocupar do Rei, isto é, do equívoco do Rei.

Tu mesmo, e ninguém mais. Apanha-a, já!
E, dentro de uma hora, vem dizer
Que já foi feito, e bem testemunhado,
Ou tiro a tua vida, e tudo o mais
Que chamas teu. Se queres minha ira
Afrontar com recusas, dize logo;
Com minhas próprias mãos, esmago o cérebro
Da bastarda. Vai, joga isso no fogo;
Foste tu que incitaste tua mulher.

ANTÍGONO

Não foi, não, meu senhor; estes senhores,
Meus nobres companheiros, se o quiserem,
Podem-me inocentar.

NOBRES

      Podemos, sim;
Meu real senhor, ele não tem culpa
De ela ter vindo aqui.

LEONTES

      Seus mentirosos!

NOBRE

Alteza, por favor, dai-nos mais crédito.
Nós sempre vos servimos lealmente;
Vosso reconhecimento rogamos.
De joelhos, suplicamo-vos, em paga
Por nossos bons serviços, no passado,
Mudeis, no futuro, o vosso propósito,
Que, sendo tão horrendo, sanguinário,
Só pode resultar algo nefasto.
Ajoelhamo-nos todos.

LEONTES

Sou uma pena à mercê de qualquer vento.
Hei de viver p'ra ver esta bastarda
De joelhos, chamando-me de pai?

2.3

        Antes queimá-la agora a maldizê-la
        Depois. Mas, deixa estar; então, que viva.
        ... Não, nada disso.
            [*Dirigindo-se a Antígono*]
                    Tu, vem ter comigo,
        Tu, que tão prestimoso te mostraste
        Com a Dona Galinha, tua parteira,
        Para salvar a vida da bastarda...
        É bastarda, tão certo quão grisalha
        É esta barba.[31] O que arriscarias
        Para salvar a vida da pirralha?

ANTÍGONO

        Qualquer coisa, senhor, que ao meu alcance
        Estiver e a honradez determinar...
        Ao menos: p'ra salvar a inocente,
        Empenho o pouco sangue que me resta...
        Qualquer coisa possível.

LEONTES

        Será possível. Jura, pela espada,
        Que cumprirás minha ordem.

ANTÍGONO

                          Eu vos juro.

LEONTES

        Atenta, e cumpre-a bem, estás ouvindo?
        Pois qualquer falha não será apenas
        Tua morte, mas também da tua mulher
        Linguaruda... Por ora perdoada.
        Ordeno-te, vassalo, que daqui
        Leves esta bastarda, a algum lugar
        Longínquo e deserto, bem distante
        Dos meus domínios, lá abandonando-a,

---

31) No original, "*this beard's grey*". Lembrando que a essa altura da peça, Leontes não teria mais de trinta anos, vários estudiosos apontam que o comentário, forçosamente, não se refere à barba do próprio Leontes, mas à de Antígono (Orgel, p. 139; Schanzer, p. 183; Evans, p. 1580).

Sem a menor piedade, à própria sorte
E ao sabor da intempérie. Assim como
Por estranha fortuna ela surgiu,
Em nome da justiça, eu te ordeno,
Sob pena de tortura e execução,
Que a carregues p'ra algum lugar estranho,
Onde o acaso a ampare ou a destrua.
Leva-a daqui.

ANTÍGONO
Juro fazê-lo, embora mais piedosa
Lhe fosse uma sumária execução.
    [*Apanha o bebê*]
Vem, pobre bebê, que um potente espírito
Instrua o abutre e o corvo a te servirem.
Dizem que lobos e ursos, despojando-se
De sua selvageria, já mostraram
Tal piedade. Senhor, mais feliz sede
Do que por este ato mereceis;
E que uma bênção contra tal crueldade
Pese em vosso favor; pobre criatura,
Condenada à ruína.
    Saem

LEONTES
                Não, recuso-me
A criar prole alheia.
    Entra um Criado.

CRIADO
                Cara Alteza,
Respostas dos que enviastes ao oráculo
Chegaram faz uma hora. Dion e Cleômenes,
Vindos de Delfos, já desembarcaram,
E não tardam na corte.

2.3

NOBRE
                    Permiti-me,
    Senhor, dizer que a rapidez dos dois
    Ultrapassa qualquer expectativa.

LEONTES
    Vinte e três dias eles se ausentaram...
    A rapidez prediz que o grande Apolo
    Em breve há de fazer surgir verdades.
    Preparai-vos, senhores; convocai
    A audiência em que será denunciada
    Nossa Rainha infiel; pois, tendo sido
    De público acusada, deve ter
    Um julgamento justo e à porta aberta.
    Enquanto ela viver, meu coração
    Será p'ra mim um fardo. Pois, deixai-me,
    E cumpri minhas ordens.
        Saem

ATO 3

3.1[1] *Entram Cleômenes e Dion*

CLEÔMENES
    O clima é bem ameno, o ar agradável,
    Fértil a ilha,[2] e o templo em muito excede
    O freqüente elogio.

DION
                        Eu terei
    Que contar, o que mais me impressionou,
    As vestes celestiais... devem assim
    Ser chamadas... bem como a reverência
    Dos graves sacerdotes que as usavam.
    Ah, e o sacrifício! Que formal,
    Solene, tão sublime a oferenda!

CLEÔMENES
    Mais que tudo, a voz do grande oráculo,
    Estrondo que ensurdece, e faz lembrar
    A trovoada de Júpiter, causou-me
    Tal impacto que um nada me senti.

DION
    Se o resultado dessa nossa viagem
    For bom para a Rainha... Que assim seja!...

---

1) Local: uma estrada na Sicília.
2) Conforme esclarece Evans, Shakespeare segue a principal fonte de *O conto do inverno*, o romance *Pandosto*, ao localizar o oráculo de Apolo na "ilha de Delfos", talvez uma confusão entre Delfos e a ilha de Delos, suposto local de nascimento da divindade (p. 1581).

3.1

        Assim como p'ra nós foi prazeroso,
        Rápido e instrutivo, não teremos
        Perdido nosso tempo.

CLEÔMENES
                Grande Apolo,
        Faz tudo acabar bem! Estas denúncias,
        Que a Hermione atribuem tantas faltas,
        Em nada me agradam.

DION
                  O violento
        Processo há de ser esclarecido
        Ou encerrado, tão logo esse oráculo,
        Selado pelo sumo sacerdote,
        Tenha seu conteúdo revelado;
        Será mui precioso constatá-lo.
        Vamos... cavalos novos;
        Que tudo acabe bem.
            Saem

3.2[3] *Entram Leontes, Nobres e Oficiais.*[4]

LEONTES
        Esta audiência, com grande dor declaro,
        O coração me oprime. A acusada,
        Filha e esposa de reis, é mui querida.
        Que ninguém me acuse de tirano,
        Será justo e público o processo,
        Seguindo todo o seu devido curso,
        Até chegar à culpa ou ao perdão.
        Trazei a prisioneira.

---

3) Local: Sicília, um tribunal.
4) O *Fólio* registra também a entrada de "Hermione (a ser julgada), Damas, Cleômenes e Dion" (p. 286).

3.2

OFICIAL
                        Sua Alteza
Quer na corte a presença da Rainha.
    [*Entra Hermione, escoltada, e acompanhada de Paulina e Damas*]
Silêncio![5]

LEONTES
Lede a acusação.

OFICIAL
"Hermione, Rainha do honrado Leontes, Rei da Sicília, és aqui acusada e processada por alta traição, por haveres cometido adultério com Políxenes, Rei da Boêmia, e conspirado com Camilo para tirar a vida do nosso Rei e Soberano, teu real esposo; uma vez que as circunstâncias expuseram, em parte, a tua intenção, tu, Hermione, ao contrário do esperado de uma súdita fiel e honesta, aconselhaste e acobertaste a fuga dos dois, na calada da noite, para sua maior segurança".

HERMIONE
Posto que tudo o que eu tenho a dizer
Refuta a acusação, e o testemunho
Em meu favor será, unicamente,
Aquele que eu puder apresentar,
Pouco adianta dizer: 'sou inocente';
A minha integridade, sendo vista
Como traição, assim será tomada,
Naquilo que eu disser. Apenas isto:
Se forças celestiais vêm contemplar
Nossas ações humanas, e vêm mesmo,
Então, eu não duvido que a inocência
Há de fazer corar a falsa culpa
E a tirania tremer. Sabeis, senhor,
Melhor do que ninguém, conquanto o oposto

---

5) No Fólio, a palavra "*Silence*", grafada em itálico, mais parece uma rubrica, indicando mais o comportamento inicial de Hermione nesta cena, do que uma fala do Oficial (Dessen e Thomson, p. 200).

3.2

        Aparenteis, que toda a minha vida
        Tem sido tão contida, casta e leal
        Quanto agora é infeliz, inigualável
        Na história, ainda que manipulada,
        Posta em cena, a atrair espectadores.
        Olhai-me: do real leito sou parceira,
        Da metade do trono ocupante,
        Filha de um grande rei, mãe de um Herdeiro,
        Aqui estou a falar, tagarelar,
        Pela vida e pela honra, aos que escutarem.
        Quanto à vida, estimo-a como a dor,
        Que, com gosto, dispenso; quanto à honra,
        É legado que aos meus vou transmitir,
        E tudo o que defendo. Apelo, pois,
        À vossa consciência, meu senhor,
        Para dizer como antes da chegada
        De Políxenes em vossos domínios,
        Em vossa boa graça eu me encontrava,
        Com qual merecimento; e como após
        Sua chegada, que falta cometi
        P'ra aqui comparecer... Se em um milímetro
        Excedi o limite da honra, seja
        Em ato ou intenção, que fiquem rígidos
        Os corações de todos que me ouvem,
        E que meus descendentes, em meu túmulo,
        Gritem: 'Vergonha!'

LEONTES
                    Nunca ouvi dizer
        Que qualquer desses vícios atrevidos
        Tinha menos pudor para negar
        Do que realizar atos.

HERMIONE
                      É verdade,
        Embora não se aplique no meu caso.

LEONTES
    Não vais mesmo admitir.

HERMIONE
                           Mais do que faltas
    Menores admitir não poderei.
    E mais, quanto a Políxenes, com quem
    Sou acusada, confesso que o amava,
    Com a devida honra, com o tipo
    De afeto que condiz a uma dama
    Como eu, um amor igual, não outro,
    Àquele que me havíeis ordenado,
    O que, se eu não fizesse, teria sido
    Tanto desobediente quanto ingrata
    Convosco e com o vosso caro amigo,
    Cujo amor a vós jurava, em bom som,
    Desde quando aprendeu a balbuciar,
    Inda criança. Quanto à traição,
    O sabor desconheço-lhe, embora
    Me fosse oferecida p'ra provar.
    Só sei é que Camilo é homem digno;
    Por que terá deixado a vossa corte,
    Até os próprios deuses, se mais que eu
    Não souberem, ignoram.

LEONTES
                              Bem sabíeis
    Da sua partida, e o que devíeis fazer
    Depois que ele se fosse.

HERMIONE
                             Meu senhor,
    Um idioma falais que desconheço.
    No alvo, bem na mira dos vossos sonhos
    Está a minha vida; ei-la aqui.

3.2

LEONTES
    Vossos atos, são eles os meus sonhos.
    A Políxenes destes u'a bastarda,
    Mas isso é sonho meu. Como perdestes
    A vergonha... as que tal ato cometem
    São assim... a verdade já perdestes;
    Pouco adianta negar, pois assim como
    Tua pirralha foi expulsa, sem um pai
    Que a reconhecesse... com certeza,
    Crime mais teu que dela..., sentirás
    Nossa justiça, de cujo mais brando
    Curso não esperes menos que a morte.

HERMIONE
    Senhor, poupai as vossas ameaças.
    O monstro com o qual me assustais,
    Eu busco. Para mim, não pode ser
    A vida um bem; o vosso bom favor,
    Riqueza e consolo nesta vida,
    Considero perdido, já não o tenho,
    Não sei como se foi. Minha segunda
    Alegria, primo fruto do meu corpo,
    De sua companhia sou privada,
    Como alguém infectado. Meu terceiro
    Consolo, pelos astros tão marcada,
    Do meu seio, co' o leite inocente
    No lábio inocente, é arrastada
    P'ra ser morta; eu própria, em cada poste,
    Sou hoje prostituta proclamada;
    Com excessivo ódio, até o resguardo,
    Concedido a qualquer mulher, a mim
    É negado; por fim, trazida aqui,
    Às pressas, ao sereno,[6] antes mesmo

---

6) No original, "*i'th' open air*"; conforme assinala Orgel, a expressão de Hermione não quer dizer, necessariamente, que o julgamento esteja sendo realizado em local aberto. Com efeito, a expressão pode se referir ao modo apressado com que a Rainha teria sido levada ao tribunal, talvez, sem o privilégio de uma carruagem fechada (p. 146).

3.2

De ter recuperado minhas forças.
Soberano, dizei-me, pois, que bênçãos
Tenho viva, para temer morrer!
Portanto, prossegui. Mas, ouvi isto...
A meu respeito não vos enganeis:
Não é a vida, que nada mais me vale,
É a honra que desejo inocentar...
Se só por conjecturas hei de ser
Condenada, por provas que somente
Vosso ciúme desperta, eu vos digo,
É só rigor, sem lei. Nobres senhores,
Recorro ao oráculo.
Seja Apolo o meu juiz.

NOBRE
                     Vosso pedido
É mui justo; portanto, apresentai,
Em nome de Apolo, o seu oráculo.
    [*Saem alguns Oficiais*]

HERMIONE
Meu pai foi Imperador de toda a Rússia.[7]
Ah! Se vivo estivesse, presenciando
Aqui o julgamento de sua filha!
Se visse a magnitude da mi'a dor,
Mas com olhos piedosos, sem vingança!
    [*Entram Oficiais, com Cleômenes e Dion*]

OFICIAL
Jurai perante a espada da justiça,
Cleômenes e Dion, que ambos em Delfos
Estivestes, de lá tendo trazido
Este selado oráculo, das mãos
Do sumo sacerdote de Apolo,
Que não vos atrevestes a quebrar

---

7) Segundo Schanzer (p. 187), em *Pandosto*, a filha do Imperador da Rússia é a esposa de Egistus (que, em Shakespeare, corresponde à figura de Políxenes).

3.2

    O selo tão sagrado, e que tampouco
    Lestes qualquer segredo ali contido.

CLEÔMENES e DION
    Juramos.

LEONTES
    Quebrai o selo e lede.

OFICIAL [*Lê*]
    "Hermione é casta; Políxenes, isento; Camilo, súdito fiel; Leontes, tirano ciumento; a criança inocente, concebida em legitimidade; e o Rei viverá sem herdeiro, se a que foi perdida não for encontrada".

NOBRES
    Bendito seja o grande Apolo!

HERMIONE
                         Salve!

LEONTES
    Leste corretamente?

OFICIAL
                         Sim, senhor.
    Conforme está escrito.

LEONTES
    Não há a menor verdade nesse oráculo.
    A audiência continua; isso é mentira.
      [*Entra um Criado*]

CRIADO
    Senhor, o Rei, o Rei!

LEONTES
                      O quê se passa?

CRIADO
>Ah, senhor, odiado hei de ser
>Por trazer tal relato. Vosso filho,
>O Príncipe, de tanto se inquietar,
>Temendo a sorte da Rainha, foi-se.

LEONTES
>Como assim? Foi-se embora?

CRIADO
>   Faleceu.

LEONTES
>Apolo está irritado, e o próprio céu
>Pune minha injustiça.
>   [*Hermione desfalece*]
>   O que é isso!

PAULINA
>A notícia é fatal para a Rainha...
>Olhai e vede a morte agir.

LEONTES
>   Levai-a.
>É impacto da emoção; voltará a si.
>Dei crédito demais à mi'a suspeita.
>Peço-vos, ministrai-lhe com ternura
>Remédios que preservem sua vida.
>   [*Saem Paulina e as Damas, carregando Hermione*]
>Perdão, Apolo, profanei teu oráculo.
>Hei de reconciliar-me com Políxenes,
>Reconquistar a minha Hermione,
>Pedir ao bom Camilo que regresse,
>Proclamando-o honesto, e piedoso;
>Levado pelo ciúme a pensamentos
>Sangrentos e à vingança, designei
>Camilo como agente, a envenenar
>Meu amigo Políxenes, o que

3.2

    Teria acontecido, se a boa alma
    De Camilo a mi'a ordem açodada
    Não houvesse retardado, inda que eu,
    Com recompensa e morte o encorajasse
    E ameaçasse, por ação ou omissão.
    Ele, humano e honrado, revelou
    Ao meu hóspede real a minha trama,
    Abandonou fortunas por aqui...
    Que, sabeis, eram grandes... e ao acaso
    Incerto condenou-se, sem riqueza
    Além da honra. Como ele reluz
    Em meio à mi'a ferrugem! E mais, como
    Sua piedade torna meu ato escuro!
    [*Entra Paulina*]

PAULINA
    Hora maldita! Abri-me o espartilho,[8]
    P'ra que meu coração, ao rebentá-lo,
    Não se rasgue também!

NOBRE
                       Que acesso é este?

PAULINA
    Que torturas, tirano, a mim reservas?
    Que rodas, troncos, piras? Esfolada?
    Fervida em óleo ou chumbo? Que suplícios,
    Antigos ou recentes, me destinas,
    Se de ti o pior mereço a cada
    Palavra minha? A tua tirania
    Aliada ao teu ciúme... fantasias
    Bobas, até em menino, imaturas
    E imprudentes, até em menininhas...
    Pensa no resultado e, depois disso,
    Enlouquece de vez, pois a sandice
    Que exibiste já foi pequena amostra.

---

8) Cleópatra (*Antônio e Cleópatra*, ato 1, cena 3, linha 71) e Elisabete (*Ricardo III*, ato 4, cena 1, linha 33), diante de momentos de grande nervosismo, têm a mesma reação que Paulina.

Teres traído Políxenes foi nada;
Só passaste por tolo, inconstante,
E muito, muito ingrato. Nem foi mau
Teres manchado a honra de Camilo,
Ordenando-lhe a morte de um rei...
Pecadilhos, se forem comparados
Às faltas monstruosas que seguiram,
Entre as quais atirar a própria filha
Aos corvos, coisa simples, quase nada,
Embora até um demônio no inferno
Lágrimas vertesse, antes de fazê-lo.
Tampouco pode ser-te atribuída
A morte do herdeiro do teu trono,
Cujas preocupações, tão elevadas...
A alguém de idade assim tão tenra...
O coração partiram-lhe, ao saber
Que um pai tolo e brutal lhe difamou
A virtuosa mãe. Mas, isso é nada,
Não tens que responder; mas, esta última...
Ah! Senhores, depois que eu terminar,
Gritai: 'Desgraça!'... A Rainha, a Rainha,
A mais doce e querida das criaturas,
Está morta, e ainda não vingada.

NOBRE
Que os poderes supremos não o permitam!

PAULINA
Digo-vos, está morta... Eu vos juro.
Se palavra nem jura convencer-vos,
Ide ver; se puderdes aos seus lábios
Devolver cor, aos olhos todo o brilho,
Calor à sua pele, ar aos pulmões,
Passarei a servir-vos como deuses.
Ó, tu, tirano, não te arrependas,
Pois tudo pesa mais que o teu remorso;
Portanto, só te resta o desespero.
Mil vezes de joelhos, dez mil anos,

3.2

        Nudez, jejum, desterro em frio eterno,
        Em constante tormenta, não convencem
        Os deuses a desviar o olhar p'ra ti.

LEONTES
        Continua, continua. Não poderás
        Falar demais; mereço o mais amargo
        Que puderem falar todas as línguas.

NOBRE
        Nada mais faleis; seja lá o que for,
        Excedestes na audácia dessa fala.

PAULINA
        Lamento; dos excessos me arrependo,
        Sempre que os reconheço. Ai de mim!
        Exagerei na mostra do impulsivo
        Na mulher... atingi-lhe o coração.
        O que não tem remédio, remediado,
        Pois, está. Não deixeis que minha fala
        Vos aflija; ao contrário, eu vos peço,
        Puni-me a mim, por ter-vos relembrado
        O que esquecer devíeis. Soberano,
        Meu bom Rei, perdoai a uma insensata.
        O amor que eu dedicava à vossa Rainha...
        Oh! Novamente tonta! Não mais falo
        Dela, nem dos pequenos, vossos filhos;
        Não vos recordarei do meu marido,
        Que também se foi. Tende bom consolo,
        Nada mais falarei.

LEONTES
                      Falaste bem,
        Quando só a verdade pronunciaste;
        Prefiro tua verdade à compaixão.
        Por favor, conduzi-me[9] até os corpos
        Da Rainha e do meu filho. Um só túmulo

---
9) Dirigindo-se não apenas a Paulina, mas aos que o cercam.

  A ambos abrigará. Sobre o sepulcro
  Será escrita a causa de sua morte,
  Para minha vergonha, hoje e sempre.
  Todos os dias hei de visitar
  A capela onde os dois vão repousar,
  E as lágrimas vertidas hão de ser
  Minha diversão e renovação.[10]
  Enquanto a natureza o permitir,
  Prometo a cada dia cumprir o rito.
  Vinde, a essas tristezas conduzi-me.
   Saem

3.3[11] *Entram Antígono, com o bebê, e um Marinheiro*[12]

ANTÍGONO
  Estás bem certo que o nosso navio
  Toca a costa deserta da Boêmia?

MARINHEIRO
  Sim, senhor, e receio termos vindo
  Em má hora... o céu parece irado
  E ameaça confusão. Segundo penso,
  O céu está zangado co' o que aqui
  Viemos fazer, e olha-nos com raiva.

ANTÍGONO
  A sua santa vontade seja feita!
  Vai, volta para bordo; vigia o barco;
  Logo vou ter contigo.

---

10) No original "*my recreation*"; o princípio "*recreation*" é fundamental às comédias e aos romances shakespearianos, implicando, ao mesmo tempo, as noções de passatempo e renovação espiritual (Andrews, p. 105).

11) A cena ocorre na costa da Boêmia, região que, na realidade, não era banhada pelo mar. O equívoco tornou-se célebre a partir de 1619, quando Ben Jonson, em conversa com William Drummond, ridicularizou Shakespeare por ter conferido à Boêmia um litoral: "quando o mar fica a 100 milhas de distância" (citado em Schanzer, p. 189).

12 O *Fólio* assinala, desde já, a entrada do Pastor e do Camponês (p. 288).

3.3

MARINHEIRO
      Apressai-vos,
 E por esta região não adentreis;
 O mau tempo não tarda. Além disso,
 Este local é muito conhecido
 P'los animais ferozes que o habitam.

ANTÍGONO
 Vai-te embora; eu vou logo em seguida.

MARINHEIRO
 É mesmo um grande alívio ver-me livre
 Dessa empreitada.
   Sai

ANTÍGONO
      Vem, pobre criança.
 Já ouvi falar, embora sem dar crédito,
 Que as almas dos mortos aqui voltam.
 Se assim o for, tua mãe me apareceu
 Ontem à noite, pois jamais um sonho
 Esteve tão igual à realidade.
 Em minha direção, surgiu um ser
 Que inclinava a cabeça ora p'ra um lado,
 Ora p'ra outro; nunca vira alguém
 Consigo carregar tanta tristeza,
 Com tanta formosura. Em vestes brancas,
 A própria santidade, aproximou-se,
 Pois, do meu camarote, inclinou
 Três vezes a cabeça à minha frente,
 E, ofegando em busca de palavras,
 Seus olhos se tornaram duas fontes;
 Passada a comoção, disse o seguinte:
 'Bom Antígono, já que o destino,
 Contra a tua melhor inclinação,
 Te elegeu p'ra jogar fora mi'a filha,
 Segundo prometeste, em algum sítio
 Remoto da Boêmia, em tal local

3.3

Chora, e chorando a deixes; e constando
Ela como perdida para sempre,
Peço-te, dá-lhe o nome de Perdita.
Por essa cruel missão que te impôs
Meu senhor, nunca mais hás de avistar
Tua esposa Paulina'. E em meio a guinchos
Dissolveu-se no ar. Apavorado,
Aos poucos, me contive, e pensei
Que a visão fosse real, e não um sonho.
Sonhos são brincadeiras; desta feita,
Porém, supersticioso hei de ser,
E por ele vou guiar-me. Acredito
Que Hermione esteja morta e que a vontade
De Apolo, sendo a criança de Políxenes,
É vê-la aqui deposta, p'ra viver
Ou morrer, na terra do pai legítimo.
Botão de flor, boa sorte!
    [*Põe no chão a criança e um pergaminho*]
                                Aqui te deixo,
Com tua identidade; e algo a mais,
    [*Põe no chão um embrulho*]
Que, assim querendo a sorte, poderá
Ser mais que suficiente p'ra criar-te.
    [*Ruído de trovão*]
Aí vem a tempestade... pobrezinha,
Por causa dos pecados da tua mãe,
Estás perdida e exposta ao que vier!
Não consigo chorar; meu coração,
Porém, está sangrando, e sou maldito,
Por prometer cumprir esta missão.
Adeus; o dia está mais e mais feio...
Tua canção de ninar, ao que parece,
Não será nada suave. Jamais vi
O céu assim tão escuro, em pleno dia.
    [*Tempestade, e sons de cães latindo e trompas de caça*]
Ouço um clamor selvagem! Que eu consiga
Chegar a bordo!... A caça aqui sou eu;
Perdido para sempre!

3.3

Sai, perseguido por um urso[13]
[*Entra um Velho Pastor*]

VELHO PASTOR

Bom seria não existir idade entre dez e vinte e três, ou que os jovens dormissem todo esse tempo, pois tudo o que se faz nessa época é emprenhar mulher, ofender velho, roubar, brigar... Escutai! Quem, se não essas cabeças afoitas de dezenove e vinte e dois anos, sairia a caçar num tempo deste? Espantaram duas das minhas melhores ovelhas, e eu receio que o lobo as encontre, antes do dono; se eu as achar, vão estar perto do litoral, pastando hera. Mas que sorte! O quê é isso? Misericórdia, um fedelho! Um belo fedelho... menino, ou menina, me pergunto? Que beleza, que beleza... deve ter sido alguma escapadela; posso não ser letrado, mas sei 'ler' que se trata da escapada de alguma dama de companhia. Isso aqui foi feito embaixo de escada, dentro de baú, atrás da porta; quem fez isso estava mais quente do que essa pobre criatura agora. Por piedade, vou ficar com ela; mas vou esperar até que meu filho chegue; acabou de gritar por mim. Ei! Ei! Aqui!

Entra o Camponês

CAMPONÊS

Ei! Olá!

VELHO PASTOR

Estás aí, tão perto? Se queres ver uma coisa da qual vais falar, mesmo depois de estares morto e podre, vem cá. O que tens, homem?

CAMPONÊS

Acabo de ver duas dessas coisas, uma no mar, outra na terra! Mas não posso dizer que foi o mar, pois agora é o céu; entre o céu e o mar não cabe nem a ponta de uma agulha.

---

13) Sem dúvida, constando já do *Fólio* de 1623, esta é uma das mais célebres rubricas presentes em peças shakespearianas, e a mais célebre entre várias outras que, no teatro elisabetano, igualmente, previam a presença de "ursos" no palco (e.g., *A comedy of Mucedorus*, anônima; *Oberon* e *Masque of Augurs*, Ben Jonson). No caso de *O conto do inverno*, críticos que defendem a dramaticidade do momento, e que acham que a presença de um ator vestido de urso provocaria, principalmente, o riso, sugerem a prática de um urso, de fato; é certo que os rinques de apostas em brigas entre ursos e cães localizavam-se nas cercanias dos teatros, mas não há evidências conclusivas quanto à encenação desse célebre momento.

3.3

VELHO PASTOR
 Ora, rapaz, como assim?

CAMPONÊS
 Eu queria que vísseis como ele se agitava, que fúria, como avançava costa adentro; mas não era essa a questão. Ah! Os gritos desesperados das pobres almas! Às vezes, podia vê-los, outras vezes, não; agora, o mastro do navio furava a lua, em seguida, o barco era engolido pela espuma e pelas ondas, como quem enfia uma rolha dentro de um barril. E o que se passou em terra: se vísseis como o urso arrancou a clavícula do sujeito, e como ele gritou, pedindo socorro, dizendo que se chamava Antígono, um nobre! Mas, voltando ao navio, se tivésseis visto como foi engolido pelo mar, como uma passa; mas, antes, como as pobres almas urravam, e como o mar zombava delas; e como o nobre urrava, e como o urso zombava dele; ambos urrando mais alto que o mar e a tempestade.

VELHO PASTOR
 Misericórdia! Quando foi isso, rapaz?

CAMPONÊS
 Agora, agora mesmo; desde que vi tudo isso, nem tive tempo de piscar; os homens ainda nem congelaram debaixo d'água, e o urso ainda não acabou de jantar o nobre... ainda o devora.

VELHO PASTOR
 Quem me dera estar por perto, para poder acudir o velho.

CAMPONÊS
 Eu preferia que estivésseis perto era do navio, para ver se conseguíeis salvá-lo, mas lá não ia dar pé para a vossa caridade.

VELHO PASTOR
 Histórias tristes, histórias tristes! Mas olha aqui, rapaz. Deus te bendiga: tu encontraste a morte, eu encontrei a vida. Veja o que te mostro: veja bem, a camisola de batismo é digna de filho de nobre; olha aí, apanha, apanha, menino, e abre isso logo.
 [*O Camponês apanha o embrulho*]
 Vejamos o que contém... as fadas me disseram que um dia eu seria rico.

3.3

    Essa criança deve ter sido enjeitada; abre logo... o que tem aí dentro, rapaz?
    [*O Camponês abre o embrulho*]

CAMPONÊS

Sois um velho rico! Se os pecados da vossa juventude vos forem perdoados, vivereis bem. Ouro, tudo ouro!

VELHO PASTOR

É ouro de fadas, rapaz, logo constataremos.[14] Vamos levá-lo, mas, bico calado; para casa, para casa, e pelo caminho mais curto. Estamos com sorte, rapaz, e, para continuarmos assim, tudo o que precisamos é guardar segredo. Deixa as ovelhas p'ra lá; vem, meu rapaz, para casa, pelo caminho mais curto.

CAMPONÊS

Ide vós, pelo caminho mais curto, e levai os vossos achados; eu vou ver se o urso já deixou o nobre, e o quanto dele comeu. Só são mesmo terríveis quando famintos. Se sobrou alguma coisa, vou enterrá-lo.

VELHO PASTOR

Será uma boa ação. Se, quando examinares o que sobrou dele, fores capaz de deduzir quem ele é, vem buscar-me, que eu quero vê-lo.

CAMPONÊS

Claro! Assim farei; e podereis ajudar-me a enterrá-lo.

VELHO PASTOR

Foi um dia de sorte, rapaz, e nele faremos boas ações.
    Saem

---

14) Isto é, ouro encantado, não verdadeiro.

ATO 4

4.1[1] *Entra o Tempo, como Coro*[2]

TEMPO
    Eu, que a alguns agrado, a todos testo,
    A alegria e o terror de todo o resto,
    Que induzo a erros e os exponho, enfim,
    Em nome do Tempo, coloco em mim
    Estas asas. E não será delito,
    No meu vôo tão veloz, tão irrestrito,
    Pular dezesseis anos, não contando
    O que houve no intervalo, a meu mando,
    Já que posso dobrar leis,[3] qualquer hora
    Criar e findar moda, qual agora.
    Deixai-me prosseguir, pois sou o mesmo
    Que da ordem antiga à atual corre a esmo;
    Se todas essas ordens vivenciei,
    Como este conto, tudo embaçarei.
    Se vossa paciência não é pequena,
    Viro a ampulheta e salto a minha cena;
    Podeis, então, pensar que cochilastes;

---

1) O local da cena é inespecífico.
2) O Tempo é aqui caracterizado como um ancião alado, trazendo nas mãos uma ampulheta. Segundo Schanzer, um outro objeto freqüente na iconografia do Tempo, a foice, aqui é omitido, talvez para enfatizar o papel do Tempo como o profeta da verdade, em lugar do destruidor. O romance *Pandosto* (principal fonte da peça) tem por subtítulo "O Triunfo do Tempo", e um lema consta da página de rosto: *Temporis filia veritas* (a verdade é filha do tempo). Por considerarem esses versos defeituosos e insípidos, muitos estudiosos atribuem a fala do Tempo a algum colaborador de Shakespeare (Schanzer, pp. 195-96; Orgel, p. 159; Furness, p. 153).
3) Vários estudiosos comentam que a "lei" aqui sendo desrespeitada seria a "unidade de tempo" (extrapolada da *Poética* de Aristóteles) que estabelecia em 24 horas o limite da ação de uma peça (e.g., Schanzer, p. 198; Andrews, p. 118).

4.2

> Isolado no ciúme o Rei deixastes.
> Imaginai, gentis espectadores,
> Na Boêmia estou com os senhores;
> Lembrai, falei no filho do outro Rei,
> Florizel é seu nome, ora direi;
> Falarei de Perdita, bela e amada,
> Do que houve com ela, direi nada.
> Vêm as novas do Tempo na hora certa.
> A filha de um pastor, e a descoberta,
> Argumento do Tempo. Se aceitastes
> Que horas piores que estas já passastes,
> Deixai-me prosseguir; se não, vos digo,
> Não seja hora pior vosso castigo.
> *Sai*

4.2[4] *Entram Políxenes e Camilo*

POLÍXENES
Por favor, meu bom Camilo, não insistas. Negar-te qualquer coisa deixa-me doente, mas concordar com isso seria a morte.

CAMILO
Faz quinze anos não vejo meu país; embora tenha respirado ar estrangeiro a maior parte da minha vida, quero que meus ossos lá descansem. Além disso, o Rei arrependido, meu amo, mandou chamar-me; talvez eu seja capaz de atenuar-lhe um pouco a tristeza, ou, ao menos, imaginar que o faço, o que me dá ainda mais vontade de partir.

POLÍXENES
Se me queres bem, Camilo, não anules todo o serviço que me prestaste, deixando-me agora. A necessidade que tenho de ti é resultado da tua própria bondade. Melhor seria jamais ter-te do que de ti prescindir; já que iniciaste trabalhos que ninguém mais pode desempenhar, ou aqui permaneces, para levá-los a termo, ou leva contigo todos os teus bons préstimos; se não te

---
4) Local: Boêmia, palácio de Políxenes.

4.2

recompensei o bastante... jamais poderia fazê-lo... tentarei ser mais grato, e ganharei com o estreitamento da nossa amizade. Por favor, não fales mais da Sicília, país fatídico, cuja simples menção me castiga com a memória do Rei arrependido, como o chamas, do Rei-irmão, reconciliado, cuja perda da querida Rainha e dos filhos é motivo de perene lamento. Dize-me, quando viste o Príncipe Florizel, meu filho? É tão difícil aos reis tolerar a desobediência e o mau comportamento dos filhos, quanto perdê-los sabendo-os virtuosos.[5]

CAMILO
Senhor, faz três dias não vejo o Príncipe. Quais sejam as suas felizes ocupações não sei dizê-lo, mas notei, e lamento, a sua recente ausência da corte; e ele jamais esteve tão distante de suas atividades oficiais.

POLÍXENES
Notei o mesmo, Camilo, e com certa preocupação, a tal ponto que tenho agentes a meu serviço que o observam quando se ausenta, e de quem tenho a informação de que quase não sai da casa de um rude pastor... um sujeito que, segundo dizem, a partir do nada, e para o espanto dos vizinhos, amealhou fortuna incrível.

CAMILO
Já ouvi falar, senhor, desse homem, e que tem uma filha de raríssima distinção. A celebridade da jovem se estende de maneira inacreditável, considerando-se que tudo partiu de uma choupana.

POLÍXENES
Também disso fui informado... e receio ser esse o anzol que pescou meu filho. Vem comigo até o local, onde, disfarçados, interrogaremos o pastor, de cujo temperamento simplório, facilmente, extrairemos a causa das visitas do meu filho. Peço-te que me acompanhes nesta empreitada, e põe de lado os pensamentos sobre a Sicília.

CAMILO
Com satisfação vos obedeço.

---

5) Quanto ao sentido da última oração desta fala, sigo a paráfrase de Kermode, citada por Orgel (p. 161).

4.3

POLÍXENES
    Meu bom Camilo! Vamos disfarçar-nos.
    Saem

4.3[6] *Entra Autólico, cantando*

AUTÓLICO[7]
    Quando desabrocha o narciso,
        Viva! Vem pelo vale a amante,
    Da doce hora do ano o aviso,
        Sangue vence o inverno calmante.

    Lençol branco quarando em cerca
        ...Viva! deste pássaro o canto!...
    Torço p'ra que o lençol se 'perca',
        Por um litro de vinho santo.

    Tiro-liro piam cotovias,
        Viva! Viva! O tordo e o gaio,
    São verão p'ra mim e vadias,[8]
        Juntos rolamos no balaio.

Já servi o Príncipe Florizel e, nos meus bons tempos, usava veludo da melhor espécie, mas agora estou desempregado.

    Mas vou choramingar, meu bem?
        A pálida lua brilha à noite,
    Vagando no meu vai-e-vem,
        Acabo ganhando o pernoite.

    Se livre vive o funileiro,
        Alforje às costas, a passear,

---

6) Local: Boêmia, estrada próxima à choupana do Pastor.
7) Em grego, literalmente, "o próprio Lobo".
8) O original traz aqui a palavra "*aunt*" que, no inglês elisabetano, conotava mulher de moral duvidosa (Orgel, p. 163; Andrews, p. 124; Schanzer, p. 199; Dolan, p. 59).

4.3

Eu, no tronco, direi primeiro:
Ando aí a trabalhar.[9]

Eu negocio com lençóis... Quando as aves de rapina fazem seus ninhos, cuidado com a roupa íntima. Meu pai deu-me o nome de Autólico; tendo ele, como eu, nascido sob a influência de Mercúrio, foi também ladrão de bugigangas. Graças aos dados e à caftinagem, consegui comprar essas vestes,[10] e minha renda resulta de vigarice. Forca e espancamento são freqüentes demais nas estradas, o que me aterroriza. No futuro, não quero me preocupar com nada disso. Uma presa! Uma presa!
Entra o Camponês

CAMPONÊS
Deixa eu ver: onze carneiros dão treze quilos de lã; cada treze quilos de lã dá uma libra e mais uns xelins; quanta lã rende mil e quinhentos carneiros tosquiados?

AUTÓLICO [*À parte*]
Se o alçapão agüentar, o frango está no papo.

CAMPONÊS
Não sei fazer essa conta sem calculador. Deixa eu ver: o que é mesmo que tenho de comprar p'ra nossa festa da tosquia?
[*Manuseia um pedaço de papel*]
Um quilo e meio de açúcar, dois quilos e meio de passas de Corinto, arroz... o que fará essa minha irmã com arroz? Mas meu pai a fez rainha da festa, e ela não vai poupar esforços. Mandou fazer vinte e quatro buquês para os tosquiadores, destes, todos integram trios de cantores, dos bons, a maioria tenores e baixos... e mais um puritano, que canta salmos acompanhado de gaitas de foles. Preciso de açafrão, para dar cor às tortas de pêra; especiarias; tâmaras... não, não está na nota; noz-moscada, sete; uma raiz ou duas de gengibre, isso eu peço por conta; dois quilos de ameixas, e dois quilos de uvas-passas.

---

9) Na Era Elisabetana, Devido à Lei da Ociosidade (*Vagrancy Act*), vagabundos e mendigos eram, freqüentemente, postos no tronco. Autólico leva consigo um alforje de couro, contendo ferramentas de funileiro, para escapar de ser detido como vagabundo. Com efeito, ladrões muitas vezes se faziam passar por funileiros (Schanzer, pp. 199-200).
10) No original, "*caparison*"; a princípio, a gualdrapa ornamental para o cavalo, por extensão, o termo passou a denotar roupas espalhafatosas masculinas e femininas (*OED* I).

4.3

AUTÓLICO   [*Arrastando-se no chão*]
Oh! Maldita hora em que nasci!

CAMPONÊS
Em nome de... ninguém![11]

AUTÓLICO
Socorro! Socorro! Arrancai-me estes trapos e depois a morte, a morte!

CAMPONÊS
Ai! Pobre alma, precisas de mais trapos que te cubram, e não que te arranquem estes.

AUTÓLICO
Ó senhor! O nojo que sinto deles me dói mais que as chibatadas que recebi, aplicadas com vigor, milhões delas.

CAMPONÊS
Ai! Pobre homem, um milhão de pancadas é coisa que pode fazer mal.

AUTÓLICO
Fui roubado, senhor, espancado, meu dinheiro e meu traje levados de mim, e vestiram-me com estas coisas detestáveis.

CAMPONÊS
Quem foi? Um cavaleiro ou um pedestre?

AUTÓLICO
Um pedestre, meu bom senhor, um pedestre.

CAMPONÊS
Sem dúvida, deve mesmo ter sido um pedestre, a julgar pelas roupas que ele te deixou... se isso for jaqueta de cavaleiro, já esteve em boas

---

11) No original, "*I'th' name of me!*"; não há outro registro dessa expressão. Estudiosos comentam que, ao evitar pronunciar o nome de Deus em vão (*in the name of God!*), evita-se, também, infringir os termos da Lei dos Abusos Verbais (*Act of Abuses*), de 1606, que proibia blasfêmia no palco (Orgel, p. 165; Schanzer, p. 201). A tradução tenta preservar o sentido da "quase-blasfêmia".

4.3

refregas. Dá-me tua mão, eu te ajudo. Vem, dá-me a mão.
[*Ajuda-o a levantar-se*]

AUTÓLICO
Ai! Meu bom senhor, devagar, ai!

CAMPONÊS
Ai! Pobre alma!

AUTÓLICO
Ai! Meu bom senhor, cuidado, bom senhor! Receio, senhor, ter deslocado a clavícula.

CAMPONÊS
E agora? Não podes ficar de pé?

AUTÓLICO
Devagar, caro senhor; [*Rouba-lhe a carteira do bolso.*] bom senhor, devagar. Me fizestes uma grande caridade.

CAMPONÊS
Precisas de dinheiro? Tenho aqui algum para ti.

AUTÓLICO
Não, meu generoso e amável senhor; não, por favor, senhor; estou indo visitar um parente que vive a pouco menos de uma milha daqui. Lá posso conseguir dinheiro, ou qualquer coisa que quiser. Não me ofereçais dinheiro, eu vos peço; isso me parte o coração.

CAMPONÊS
Como era o sujeito que te roubou?

AUTÓLICO
Um sujeito, senhor, que corria por aí com um jogo de bocha... Quando o conheci, ele era criado do Príncipe. Não sei ao certo, bom senhor, por qual das suas virtudes, mas foi enxotado da corte a chicotadas.

4.3

CAMPONÊS
> Por qual de seus vícios, queres dizer... a virtude não é enxotada da corte a chicotadas; na corte prezam a virtude, e querem que ela fique por lá, embora por lá ela pouco se demore.

AUTÓLICO
> Vícios, devo dizer, senhor. Conheço bem esse homem. Foi adestrador de macaco; depois intendente de polícia; mais tarde comprou um show de bonecos — *O Filho Pródigo* —, e casou-se com a esposa de um latoeiro que morava a menos de uma milha das minhas terras; e, passando por uma série de profissões desonestas, decidiu-se pela vigarice. Alguns chamam-no Autólico.

CAMPONÊS
> Maldito seja! Gatuno, eu juro, gatuno! Freqüenta velórios, feiras e brigas de urso.

AUTÓLICO
> É bem verdade, senhor; é esse mesmo, senhor, esse mesmo; foi esse o vigarista que me enfiou nestas roupas.

CAMPONÊS
> Em toda a Boêmia não existe vigarista mais covarde... se tivesses inflado o peito e cuspido na cara dele, ele teria corrido.

AUTÓLICO
> Devo confessar, senhor, não sou muito brigão. Para tanto, falta-me coragem, e ele percebeu; posso garantir.

CAMPONÊS
> Como te sentes agora?

AUTÓLICO
> Generoso senhor, bem melhor do que antes. Já posso ficar de pé e andar. Até vou me despedir de vós e caminhar, com cautela, rumo à propriedade de meu parente.

4.4

CAMPONÊS
    Queres que te acompanhe?

AUTÓLICO
    Não, belo senhor; não, amável senhor.

CAMPONÊS
    Então, adeus. Preciso comprar temperos para a nossa festa da tosquia.
    Sai

AUTÓLICO
    Prosperai, generoso senhor; vossa bolsa já não tem o que baste para comprar vossos temperos. E ao vosso lado estarei durante a festa da tosquia... se eu não for capaz de desta trapaça gerar outra, e tosquiar os tosquiadores, que meu nome seja retirado da lista de ladrões e inscrito no livro da virtude!
    [*Canta*]
    Avante, avante no caminho,
        Feliz, superando a armadilha,
    O feliz segue o dia inteirinho,
        Já o triste se cansa na milha.[12]
    Sai

4.4[13] *Entram Florizel e Perdita*[14]

FLORIZEL
    Estas vestes tão raras à tua graça
    Dão-te nova vida, pois tu não és
    Pastora; em abril surgindo, és Flora.

---

12) Para a tradução das canções, foi consultada a tese de doutoramento de Carin Zwillig, intitulada "As Canções de Cena de William Shakespeare: resgate das canções originais, transcrição e indicações para tradução", 2 volumes, orientada por John Milton, defendida na Universidade de São Paulo, em 5 de maio de 2003, e de cuja banca examinadora este tradutor participou.
13) Local: Boêmia, em frente à choupana do Pastor.
14) F1 assinala, também, a entrada do Velho Pastor, do Camponês, de Políxenes, Camilo, Mopsa, Dorcas, Criados e Autólico (p. 291).

4.4

    A festa da tosquia é reunião
    De semideuses; tu és a rainha.

PERDITA
    Senhor, meu bom senhor, repreender
    Vossos excessos não me fica bem...
    Perdoai-me se os nomeio! Vossa Alteza,
    Alvo da admiração de todo o país,
    Está obscurecida, com um traje
    De camponês, e a mim, pobre donzela,
    Me enfeitastes qual deusa. Se esta festa
    Não incluísse loucuras no cardápio,
    Que os comensais digerem muito bem,
    Eu ficaria rubra de vos ver
    Assim vestido, e, creio, desmaiaria,
    Se visse a mim no espelho.

FLORIZEL
                  Bendigo a hora
    Em que o meu falcão sobrevoou
    As terras do teu pai.

PERDITA
                Que o grande Júpiter
    Vos dê motivos p'ra essa gratidão!
    Em mim, a diferença social
    Causa certo receio... Vossa Grandeza
    Não conhece o temor. Chego a tremer,
    Só de pensar que vosso pai, acaso,
    Passe neste lugar, como fizestes.
    Ó Parcas![15] Como ele reagiria,
    Ao ver a sua obra de nobreza
    Em trajes tão grosseiros? Quanto a mim,
    Neste luxo emprestado, poderei
    Ficar-lhe frente à frente?

---

15) Cada uma das três deusas (Cloto, Láquesis e Átropos) que, consoante a mitologia, fiavam e cortavam o fio da vida (Aurélio 2001, versão eletrônica).

FLORIZEL
                        Nada mais
    Ocupe tua mente, só a alegria!
    As próprias divindades, submetendo-se
    Ao amor, assumiram várias formas
    Animalescas. Jove[16] fez-se touro,
    Pôs-se a bramir; já o verde Netuno
    Foi carneiro e baliu; quem traja fogo,
    Apolo de Ouro, fez-se camponês,[17]
    Qual ora pareço. Suas mudanças
    Não se deram por mais rara beleza,
    Nem foram tão castas, e o meu desejo
    Não correrá à frente da minha honra,
    Nem a luxúria falará mais alto
    Que minha palavra.

PERDITA
                        Mas, bom senhor,
    A vossa decisão não poderá
    Se manter ante a oposição do Rei.
    Sucede então de duas coisas uma:
    Ou vós ao vosso intento renunciais,
    Ou eu à mi'a vida.

FLORIZEL
                        Cara Perdita,
    Por favor, não empanes nossa festa
    Com estes pensamentos descabidos...
    Se não for teu, mi'a bela, de meu pai
    Não serei, pois não posso nem ser meu
    Nem de ninguém, se a ti não pertencer.
    Nisto estou firme, mesmo que o destino
    Diga não. Fica alegre, pois, querida;
    Anula pensamentos desse tipo,

---

16) Nome alternativo do deus Júpiter (Zeus).
17) Referências ao assédio de Júpiter a Europa, de Netuno a Teópane e ao papel assumido por Apolo na conquista de Alceste por Admeto (Evans, p. 1588).

4.4

        E pensa no que tens à tua volta.
        Aí vêm teus convidados. Vai, anima
        Teu semblante, como se fosse o dia
        Das núpcias que, juramos, há de vir.

PERDITA
        Ó Senhora Fortuna! Sede boa!
            [*Entram o Velho Pastor, o Camponês, Mopsa, Dorcas, Criados, Pastores e Pastoras; Políxenes e Camilo disfarçados*]

FLORIZEL
        Vê, os teus convidados se aproximam.
        Recebe-os com sorrisos; fiquem rubras
        De alegria nossas faces.

VELHO PASTOR
        Vergonha, filha! Quando a minha velha
        Vivia, no dia de hoje, se ocupava,
        Pois, da copa, da adega e da cozinha;
        Patroa e criada; recebia
        E a todos servia; cantava e dançava;
        Ora à ponta da mesa, e ora ao meio;
        Ao ombro de um e de outro; o rosto rubro
        P'lo trabalho, brindando a cada um.
        Tu te manténs distante, parecendo
        Mais convidada do que anfitriã.
        Por favor, dá boas-vindas aos amigos
        Desconhecidos, e nos tornaremos
        A eles mais chegados, conhecidos.
        Refresca o teu rubor, e te apresenta
        Pelo que és: a rainha desta festa.
        Vem, dá-nos boas-vindas à tosquia,
        Para que teu rebanho seja próspero.

PERDITA [*Dirigindo-se a Políxenes*]
        Sois bem-vindo, senhor. Meu pai deseja
        Que à frente dos festejos eu me ponha.
            [*Dirigindo-se a Camilo*]

4.4

Sois bem-vindo, senhor. Passa-me, Dorcas,
Essas flores. Senhores veneráveis,
Para vós tenho arruda e alecrim;
Conservam cor e aroma todo o inverno.
Graça e lembrança estejam, pois, convosco,[18]
E à nossa tosquia sede, então, bem-vindos.

POLÍXENES

Pastora... és muito bela... bem fizeste,
Oferecendo flores invernais
A pessoas da nossa geração.

PERDITA

Quando o ano fica velho, senhor, antes
De morrer o verão, nascer o inverno,
As flores mais formosas da estação
seriam o cravo e o goivo mais listrado,
Que alguns chamam bastardo da Natura,
Espécie inexistente em nosso rústico
Jardim, e da qual não procuro mudas.[19]

POLÍXENES

Por que, gentil donzela, esse desdém?

PERDITA

Porque ouvi dizer que existe uma arte
Que com a natureza criadora
Divide o colorido dessas flores.

POLÍXENES

Mesmo que seja assim, a natureza
Só melhora por meios produzidos

---

18) Graça e lembrança eram associadas, respectivamente, à arruda e ao alecrim (Evans, p. 1589; Andrews, p. 139).
19) Andrews esclarece: a coloração dos goivos listrados era obtida através de enxerto, i.e., por agentes externos à natureza. Além disso, essa coloração era associada aos cosméticos, e tais flores passaram a simbolizar mulheres "pintadas", ou seja, dissolutas (p. 140). Alguns versos adiante, Perdita refere-se, pejorativamente, a mulheres que se pintam.

4.4

        P'la própria natureza; sendo assim,
        Bem acima dessa arte que tu vês
        Competir co' a Natura, existe uma arte
        Que é por ela criada. Assim, donzela,
        Casamos nobre espécie e tronco tosco,
        Gerando broto raro em casca rude.
        É arte que corrige... isto é, altera...
        Natureza, mas a arte é natureza.

PERDITA
        É mesmo.

POLÍXENES
        Então, enche de goivos teu jardim,
        E de bastardos não os chames.

PERDITA
                            Nunca
        Plantarei uma só muda sequer,
        Assim como jamais desejaria,
        Se estivesse pintada, que este jovem
        Achasse isso correto e inda quisesses
        Ver-me mãe de seus filhos. Aceitai
        Estas flores: a cálida alfazema,
        Hortelã, alfavaca, manjerona,
        O malmequer, que dorme com o sol,
        P'ra com ele, chorando, despertar...
        Flores que dão no meio do verão,
        E acho que são doadas aos senhores
        De meia idade. Sois muito bem-vindos.

CAMILO
        Se eu ao vosso rebanho pertencesse,
        Não pastaria, só de olhar viveria.

PERDITA
        Não digais isso! Tão magro estaríeis
        Que os ventos de janeiro haveriam

4.4

De vos atravessar.
    [*Dirigindo-se a Florizel*]
                 Meu belo amigo,
Quisera ter flores primaveris,
Condizentes com vossa juventude;
    [*Dirigindo-se às Pastoras*]
Co' a vossa, e a vossa, em cujos ramos virgens
Floresce a castidade... Ó Proserpina!
Se eu tivesse as flores que, assustada,
Deixaste cair do carro de Plutão![20]
Narcisos, que antecipam andorinhas,
E cujo encanto enleia o vento em março;
Violetas escuras, todavia,
Mais meigas que as pálpebras de Juno,
Mais doces que o hálito de Vênus;
As prímulas tão pálidas, que morrem
Solteiras, sem sentir o ardor de Apolo...[21]
Mal freqüente em donzelas;[22] primaveras
E a coroa-imperial; lírios vários,
Incluso a flor-de-lis... Ah! Tais me faltam,
P'ra vos fazer guirlandas, e cobrir
A vós, caro amigo.

FLORIZEL
                      Qual um cadáver?

PERDITA
Não, qual a beira-rio, onde deitasse
E brincasse o amor, não qual um cadáver,
Mas como um corpo vivo, nos meus braços.
Pegai as vossas flores; acredito

---

20) Shakespeare aqui invoca o relato de Ovídio (*Metamorfose* V. 391 ff.) sobre o rapto de Proserpina, filha de Ceres, provavelmente na tradução de Golding (V. 491 ff., de 1567). A jovem colhia flores quando Dis (Plutão) a viu e a raptou, levando-a para o submundo em sua carruagem, para torná-la sua rainha.
21) Apolo é, também, Febo, o deus do sol.
22) Referência ao "mal verde", condição anêmica que afetava jovens na puberdade e que, em certos casos, podia causar definhamento e morte. A analogia fica reforçada pela lenda, corrente à época de Shakespeare, segundo a qual jovens virgens que falecessem do "mal verde" eram transformadas em prímulas (Orgel, p. 175; Schanzer, p. 208; Andrews, p. 142).

4.4

      Que atuo segundo vi nas pastorais
      De Pentecostes...[23] Este meu vestido,
      Sem dúvida, me torna um personagem.

FLORIZEL
      O que fazes supera o que foi feito.
      Quando falas, querida, gostaria
      Que falasses p'ra sempre; quando cantas,
      Quisera assim comprasses e vendesses,
      Assim desses esmola, assim rezasses,
      E que cantando desses tuas ordens.
      Quando danças, quisera fosses a onda
      Do mar, jamais parando de mover-te;
      Movendo-te, movendo-te, só isso.
      Cada gesto teu, sempre singular,
      Coroa cada tarefa que te ocupa,
      Transformando em rainhas tuas ações.

PERDITA
      Ó Dóricles![24] Demais é vosso encômio.
      Se a vossa juventude e o sangue leal
      Que nela transparece não mostrassem
      Em vós a inocência de um pastor,
      Sabiamente, meu Dóricles, Perdita
      Poderia temer ser cortejada
      Pelo caminho mau.[25]

FLORIZEL
                  Penso que tens
      P'ra tais temores tão poucos motivos
      Quanto eu disposição de provocá-los.
      Mas, vem, é a nossa dança, por favor.
      A tua mão, Perdita... dois pombinhos
      Que pretendem jamais se separar.

---

23) Pentecostes, o sétimo domingo após a Páscoa, era comemorado com a encenação de peças teatrais e danças folclóricas (Orgel, p. 176).
24) Nome assumido por Florizel, em seu disfarce como pastor.
25) Isto é, por meio de adulação.

4.4

PERDITA
>Posso jurar por eles.
>[*Florizel e Perdita dançam*]

POLÍXENES [*Dirigindo-se a Camilo*]
>É a jovem plebéia mais bonita
>Que um dia correu sobre uma relva.
>Seus atos e seus ares[26] fazem jus
>A alguém de condição mais elevada,
>Nobre demais p'ra estar neste lugar.

CAMILO
>Ele agora diz-lhe algo, a faz corar...
>Eis a verdade: ela é a rainha
>Da coalhada e do creme.[27]

CAMPONÊS
>Vamos, música!

DORCAS
>Mopsa será teu par; haja alho para disfarçar-lhe o mau hálito!

MOPSA
>Ora, que besteira!

CAMPONÊS
>Nem mais uma palavra; sigamos o protocolo. Vamos, música!
>[*Música*] Dança dos Pastores e Pastoras

POLÍXENES
>Bom pastor, por obséquio, quem seria
>O belo camponês que agora dança
>Com tua filha?

---

26) No original, "*seems*"; sigo a abonação de Schmidt (v. 2, p. 1022).
27) Trata-se de uma variação do título freqüentemente atribuído à rainha dos festivais da primavera (Andrews, p. 144; Orgel, p. 177).

4.4

VELHO PASTOR
>						Dóricles lhe chamam;
Gaba-se de possuir ricas pastagens;
Ele mesmo relata, e eu acredito...
Parece-me sincero. Diz que amor
Sente por minha filha; assim o creio,
Pois nunca a lua a água contemplou,
Como ele se detém, a ler o olhar
De minha filha; para ser bem franco,
É menor que meio beijo a diferença
Do carinho que têm um pelo outro.

POLÍXENES
Ela dança com graça.

VELHO PASTOR
>						Assim faz tudo,
Embora a mim não caiba a afirmação.
Se for p'lo jovem Dóricles eleita,
Há de trazer-lhe o que ele sequer sonha.
Entra um Criado

CRIADO
Ah! Senhor! Se tivésseis ouvido o mascate que estava à porta, nunca mais dançaríeis ao som do tamborim e da flauta; não, a gaita-de-foles tampouco vos faria mover. Ele canta inúmeras canções, com mais destreza do que contais dinheiro; canta como se as baladas fossem o seu alimento, e os ouvintes não foram capazes de resistir às suas canções.

CAMPONÊS
Ele não poderia ter chegado em melhor hora; manda-o entrar. Gosto demais de baladas, quando tratam de assunto triste com melodia alegre, ou de assunto alegre com tristeza.

CRIADO
Ele tem canções para homens e mulheres, de todos os tamanhos... nenhum luveiro é capaz de fazer luvas que caibam tão bem em seus clientes. Conhece as mais belas canções de amor para donzelas, sem indecências, o que é

raro, com delicados refrões que falam de pintos de borracha e orgasmos:[28] 'trepa nela e mete nela';[29] e quando algum linguarudo, por maldade, grita alguma sujeira, ele faz a donzela responder, na canção: 'Ôpa, não me faças mal, querido'... e o sujeito fica sem graça, quando ouve 'Ôpa, não me faças mal, querido'.

POLÍXENES
Sujeito extraordinário!

CAMPONÊS
É mesmo. Falas de um sujeito dos mais espertos. Será que ele tem mercadorias em bom estado?

CRIADO
Tem fitas de todas as cores do arco-íris; rendas tão intrincadas que nenhum advogado da Boêmia seria capaz de desembaraçá-las; galões; cordões; peças de cambraia e linho... ele as descreve cantando, como se fossem deuses ou deusas. A gente chega a pensar que uma bata é um anjo, do jeito que ele descreve o punho e o bordado do peitilho.

CAMPONÊS
Por favor, manda-o entrar, e que venha cantando.

PERDITA
Adverti-o de que não use palavras obscenas nas canções.
[*Sai o Criado*]

CAMPONÊS
Alguns desses mascates trazem consigo mais do que podes imaginar, irmã.

PERDITA
Pois é, irmão, ou do que estou disposta a imaginar.
Entra Autólico usando barba falsa, portando o alforje e cantando.[30]

---

28) No original, "*burdens of dildo and fadings*"; sigo Schmidt (v. 1, p. 153), Rubinstein (pp. 76-77) e Partridge (citado em Orgel, p. 179).
29) Conforme apontam diversos estudiosos, os exemplos oferecidos pelo Criado contradizem, grosseira e flagrantemente, a afirmação que ele mesmo acaba de fazer, quanto à ausência de obscenidades nas canções.
30) A rubrica do Fólio registra apenas "Entra Autólico, cantando" (p. 293).

4.4

AUTÓLICO
>Linho branco, da cor da neve,
>>Crepe negro qual corvo serve,
>>Luvas fragrantes — flor damasco —,
>>Máscaras de amor e de asco,
>>Colar e pulseira de ama,
>>Perfume p'ra quarto de dama,
>>Touca dourada e peitilho —
>>'Brindes p'ra amada', eis o estribilho;
>>Alfinetes e hastes de aço,[31]
>>Que damas não têm ao regaço...
>>Comprai, comprai, de mim todos comprai;
>>Comprai, ou elas choram; pois, comprai.

CAMPONÊS
>Se eu não estivesse apaixonado por Mopsa, de mim não tirarias dinheiro, mas, amarrado como estou, quero que amarres aí umas fitas e um par de luvas.

MOPSA
>Foram-me prometidas antes da festa, mas não chegam tarde demais.

DORCAS
>Ele te prometeu mais que isso, ou tem mentiroso aí.

MOPSA
>Ele já te deu tudo que te prometeu; quem sabe, até algo a mais... algo que terás vergonha de admitir.[32]

CAMPONÊS
>Terão as donzelas de hoje esquecido as boas maneiras? Vão expor sua intimidade? Não mais trocam confidências na hora da ordenha, antes de dormir, ou diante do forno? Ficais aí, tagarelando, na frente dos nossos convidados? Ainda bem que eles estão conversando. Segurai vossas línguas, e nem mais uma palavra!

---

31) No original, "*poking-sticks*", hastes de metal que, uma vez aquecidas, eram utilizadas para engomar colarinhos; decerto, as rígidas hastes sugerem algo "que damas não têm ao regaço" (Andrews, p. 150).
32) Isto é, uma gravidez.

MOPSA
Já acabei. Vem, tu me prometeste um lenço de seda e um par de luvas perfumadas.

CAMPONÊS
Já não te contei que fui roubado na estrada, e fiquei sem meu dinheiro?

AUTÓLICO
É, senhor, está cheio de ladrões por aí; é preciso tomar cuidado.

CAMPONÊS
Não tenhas medo, homem; nada perderás aqui.

AUTÓLICO
Assim espero, senhor, pois trago comigo mercadorias valiosas.

CAMPONÊS
Que tens aí? Baladas?

MOPSA
Por favor, compra-me algumas. Adoro baladas impressas, pois tem-se a certeza de que são verdadeiras.

AUTÓLICO
Eis aqui uma com melodia muito triste, sobre a esposa de um agiota que deu à luz vinte sacos de dinheiro de uma só vez, e que queria comer cabeça de serpente e sapo grelhado.

MOPSA
Achas que isso é verdade?

AUTÓLICO
Pura verdade, e aconteceu há apenas um mês.

DORCAS
Deus me livre de me casar com agiota!

4.4

AUTÓLICO
Tenho aqui o nome da parteira, uma tal Dona Leva-e-traz, e de cinco ou seis senhoras que presenciaram tudo. Por que haveria eu de sair por aí espalhando mentiras?

MOPSA
Por favor, compra para mim.

CAMPONÊS
Vai, separa esta; mas, primeiro, mostra-nos mais baladas. Depois compraremos as outras coisas.

AUTÓLICO
Eis aqui outra balada, sobre um peixe que apareceu no litoral numa quarta-feira, dia 80 de abril, a quarenta mil braças acima do nível do mar, e cantou esta balada, para amolecer os corações das donzelas. Pensou-se que se tratava de uma mulher transformada em peixe, por recusar-se a dormir com um sujeito que a desejava. A toada é tão comovente quanto verídica.

DORCAS
Achas que isso é verdade?

AUTÓLICO
Traz as assinaturas de cinco juízes, e as testemunhas são tantas que não caberiam no meu alforje.

CAMPONÊS
Separa esta também. Vejamos outra.

AUTÓLICO
Esta é uma balada alegre, e muito bonita.

MOPSA
Vejamos algumas alegres.

AUTÓLICO
    Pois esta é mais do que alegre, e deve ser cantada seguindo a melodia da balada 'Duas jovens cortejam o mesmo homem'. Não há donzela aqui na região que não a saiba cantar... é muito solicitada, posso garantir.

MOPSA
    Podemos entoá-la juntos. Se cantares uma voz, poderás escutá-la; é para três vozes.

DORCAS
    Aprendemos a melodia faz um mês.

AUTÓLICO
    Sei a minha voz; deveis saber que sou um profissional. Vamos fazer uma tentativa.

   Canção

AUTÓLICO
    Saiam daqui, preciso ir embora,
    P'ra onde, não queiram saber agora.

DORCAS
    P'ra onde?

MOPSA
    Oh! P'ra onde?

DORCAS
    P'ra onde?

MOPSA
    Lembra, a mim prometeste, sem medo,
    Revelar todo e qualquer segredo.

DORCAS
    A mim também; deixa-me ir, pois.

4.4

MOPSA
    Tu vais p'ra granja ou para o moinho...

DORCAS
    Se vais a ambos, perdes o caminho...

AUTÓLICO
    Nenhum dos dois.

DORCAS
    Como? Nenhum dos dois?

AUTÓLICO
    Nenhum dos dois.

DORCAS
    A mim tu juraste eterno amor.

MOPSA
    A mim juraste mais, mais ardor;
    Então, p'ra onde vais? E depois?[33]

CAMPONÊS
    Vamos terminar essa canção sozinhos; meu pai e o cavalheiro travam uma conversa séria, não vamos incomodá-los. Vem, traz teu alforje e me segue; mulheres, vou comprar coisas para ambas. Mascate, queremos ser os primeiros a escolher... Meninas, segui-me.
    [*Sai com Dorcas e Mopsa*]

AUTÓLICO
    E por elas pagarás muito bem.
        Canção
    Não queres fita, ou renda p'ra estola,
        Coisinha fofa, querida?
    Boa seda, linha, enfeite gabola,

---

[33] Considerando o conteúdo, a canção parece se tratar, irônica e exatamente, da balada "Duas jovens cortejam o mesmo homem".

4.4

    Do bom, do melhor, querida?
Eis mascate, metal é quilate
    Que a tudo compra, querida.
      Sai
      [*Entra o Criado*]

CRIADO
    Senhor, três carroceiros, três pastores, três vaqueiros e três porqueiros estão aí, vestidos em peles de animais. Dizem que são sáltiros,[34] e apresentam uma dança que as mulheres estão chamando de mistura de piruetas loucas e ridículas... mas é só porque ficaram de fora, pois elas próprias concordam que, se a dança não fosse pesada demais para quem não está acostumado a jogar bocha, seria muito agradável.

VELHO PASTOR
    Manda-os embora! Não queremos nada disso! Já tivemos aqui bastante idiotice. Reconheço, senhor, que vos entediamos.

POLÍXENES
    Entediais os que vêm nos divertir. Por favor, vejamos esses quatro trios de pastores.

CRIADO
    Um dos trios, senhor, afirma ter dançado para o Rei, e o pior dos três não salta menos de quatro metros... bem medidos.

VELHO PASTOR
    Chega de falatório; já que nossos convidados querem diversão, manda-os entrar... mas vai logo.

CRIADO
    Ora, estão aí mesmo, na porta, senhor.
      [*O Criado faz entrar os dançarinos*]
      Dá-se a dança dos doze sátiros

---

34) Isto é, sátiros; a pronúncia equivocada é típica de criados e mensageiros em peças shakespearianas. Na mitologia, o sátiro é companheiro de Baco, sendo representado habitualmente com cabelos desgrenhados, orelhas pontudas, dois pequenos cornos e pernas de bode (Koogan-Houaiss, p. 764).

4.4

POLÍXENES [*Dirigindo-se ao Velho Pastor*]
  Ó pai, tu saberás mais no futuro.[35]
    [*Dirigindo-se a Camilo*]
  A coisa já não foi longe demais?
  É hora de separá-los. Ele é simples
  E muito franco.[36]
      [*Dirigindo-se a Florizel*]
            Então, belo pastor,
  Teu coração está tomado de algo
  Que da festa desvia a tua atenção.
  Em verdade, no tempo em que era jovem,
  E amava como tu, eu costumava
  Cobrir a minha amada de presentes.
  Eu teria pego as coisas do mascate,
  Poria tudo aos pés dela, como oferta...
  Tu o deixaste partir, sem barganhar.
  Se tua amada teu ato interpretar
  Como falta de amor ou de bondade,
  Responder-lhe será um grande apuro,
  Se queres mesmo vê-la bem feliz.

FLORIZEL
  Senhor, eu sei que ela não aprecia
  Ninharias. O que ela quer de mim
  Está bem embrulhado e bem trancado
  No meu coração; tudo é para ela,
  Embora inda não tenha sido entregue.
      [*Dirigindo-se a Perdita*]
  Oh! Ouve-me exalar a minha vida
  Diante deste ancião, que, assim parece,
  Também amou um dia: tomo a tua mão,
  Esta mão, macia qual pena de pombo,
  Tão branca quanto os dentes de um etíope,
  Ou a neve que é soprada lá do norte...

---

35) Políxenes, disfarçado, e o Velho Pastor teriam prosseguido em sua "conversa séria" enquanto ocorria a dança.
36) Referindo-se ao Velho Pastor.

4.4

POLÍXENES
    Que virá depois disto?
        [*Dirigindo-se a Camilo*]
                      Com que graça
    O jovem camponês banhar parece
    A mão que fora branca desde sempre!
        [*Dirigindo-se a Florizel*]
    Mas eu te interrompi; vamos voltar
    À tua declaração... deixa-me ouvir
    Tua confissão.

FLORIZEL
                Ouvi, testemunhai.

POLÍXENES
    Meu companheiro, também?

FLORIZEL
                       Sim, e outros
    Fora ele, a humanidade... a terra e o céu...
    Fosse eu coroado o rei mais poderoso,
    Mais digno, fosse o jovem mais vistoso
    Que um olhar já atraiu, fosse mais forte
    E sábio que qualquer outro indivíduo,
    Nada me valeria sem seu amor;
    A seu serviço todos ficariam,
    Ou condenados ou recomendados;
    Não a servindo, seriam destruídos.

POLÍXENES
    Muito bem declarado.

CAMILO
    Denota firme afeto.

VELHO PASTOR
                Minha filha,
    O mesmo lhe dirias?

4.4

PERDITA
                    Não sei falar
    Tão bem, nada fazer tão bem; tampouco,
    Melhores intenções poderia ter.
    Pelo molde das minhas reflexões,
    A pureza das dele vou medir.

VELHO PASTOR
    Dai as mãos, e firmai vosso contrato;
    Testemunhai, amigos desconhecidos...
    Minha filha a ele entrego, e o dote dela
    Será igual ao dele.

FLORIZEL
                    Pois tal dote
    Há de ser a virtude dessa filha.
    Quando certa pessoa falecer,
    Eu terei mais do que podeis sonhar;
    Ficareis assombrado. Vamos logo,
    Uni-nos, pois, perante as testemunhas.

VELHO PASTOR
    Vamos, a tua mão; e, filha, a tua.

POLÍXENES
    Calma, pastor, eu peço um só momento.
    Tens um pai?

FLORIZEL
                    Tenho, sim, mas o que importa?

POLÍXENES
    Sabe ele o que se passa?

FLORIZEL
    Não, e nem saberá.

4.4

POLÍXENES
    Quero crer que, nas bodas de seu filho,
    O pai é o principal conviva à mesa.
    Por favor, estaria, então, teu pai
    Mentalmente incapaz? Estaria ele
    Reumático, decrépito e abobado?
    Fala? Ouve? Reconhece ele as pessoas?
    Discute questões de seu interesse?
    Estaria preso ao leito, teria ele
    Voltado a ser criança?

FLORIZEL
                        Não, senhor,
    Ele goza saúde, e tem mais força
    Do que a maioria em sua idade.

POLÍXENES
    P'los meus cabelos brancos, sendo assim,
    O que lhe dás é indigno de um filho.
    É justo que meu filho escolha a esposa,
    E igualmente justo que o pai,
    Cuja alegria está em bela prole,
    Deva ser consultado na questão.

FLORIZEL
    Concordo com tudo isso; no entanto,
    Por outras razões, meu nobre senhor,
    Que não vos convém saber, não informo
    Meu pai sobre a questão.

POLÍXENES
                      Conta p'ra ele.

FLORIZEL
    Não conto.

POLÍXENES
                Por favor, conta p'ra ele.

4.4

FLORIZEL
 Não, não deve saber.

VELHO PASTOR
                    Conta, meu filho;
 A escolha que fizeste não será
 Por ele lamentada.

FLORIZEL
                    Não, não deve
 Ele saber. Firmemos nossa união.

POLÍXENES [*Livrando-se do disfarce*]
 Firmai vosso divórcio, seu fedelho,
 A quem de filho não ouso chamar...
 És vil demais p'ra que eu te reconheça,
 Tu, herdeiro do trono, vais querer
 Cajado de pastor! E quanto a ti,
 Velho traidor, lamento se, mandando
 Enforcar-te, abrevio uma semana
 Na tua vida. E tu, jovem exemplo
 Da melhor bruxaria, que, com certeza,
 Sabes que tens na mão um tolo real...

VELHO PASTOR
 Ai! O meu coração!

POLÍXENES
 ... Mando espinho arranhar tua beleza;
 Ficarás pior que a tua condição.
    [*Dirigindo-se a Florizel*]
 Quanto a ti, tolo amante, se eu souber
 Que suspiras por este teu petisco...
 Se depender de mim, não a verás...
 Serás da sucessão interditado,
 Teu sangue renegado, nem parente,
 Mais afastado que Deucalião.[37]

---
37) Figura que na mitologia grega equivale a Noé.

4.4

        Ouve minhas palavras; e acompanha-me
De volta à corte.
            [*Dirigindo-se ao Velho Pastor*]
                      Tu, homem grosseiro,
Embora incorreste em meu desagrado,
Por esta vez, estás livre da morte.
            [*Dirigindo-se a Perdita*]
E tu, feitiço, digna de pastor...
Sim, dele mesmo, cujas atitudes,
Não fosse ele meu filho, o tornariam
Indigno de ti... se, daqui por diante,
Tua porteira abrires para ele,
Ou o seu corpo laçares em teus abraços,
Dar-te-ei morte tão cruel quanto és frágil
P'ra suportá-la.[38]
        Sai

PERDITA

                    Estou mesmo acabada!
Não tive muito medo; uma ou duas vezes,
Quase falei, dizendo-lhe apenas
Que o mesmo sol que brilha em sua corte
O rosto não esconde quando vê
Nossa choupana, antes, a olha igual.
            [*Dirigindo-se a Florizel*]
Por favor, senhor, não queres partir?
Eu disse como tudo ia terminar.
Zela pela tua própria condição.
Meu sonho terminou, não sou rainha,
Vou ordenhar ovelhas e chorar.

CAMILO

        Que é isso, senhor! Fala alguma coisa,
Antes de morrer.

---

38) A ira impulsiva, desmedida e mortal de Políxenes repete a de Leontes, no primeiro ato.

4.4

VELHO PASTOR
                    Não posso falar,
　　Nem pensar, nem saber o que eu sei.
　　　　[*Dirigindo-se a Florizel*]
　　Ah, senhor! Acabaste com um homem
　　De oitenta e três, que em paz à sepultura
　　Pretendia baixar, sim, expirar
　　No mesmo leito que expirou meu pai,
　　Jazer perto dos seus honrados ossos;
　　Agora, algum carrasco vai vestir-me
　　A mortalha e depor-me onde não haja
　　Sacerdote que atire a pá de terra.
　　　　[*Dirigindo-se a Perdita*]
　　Ó maldita, infeliz! Sabias que era
　　O Príncipe, e ousaste trocar juras
　　Com ele! Acabado, acabado!
　　Se eu vier a morrer dentro da hora,
　　Vivi para morrer quando quisesses.
　　　　Sai

FLORIZEL   [*Dirigindo-se a Perdita*]
　　Por que me olhas assim? Sinto tristeza,
　　Não medo; há um atraso, no entanto,
　　Nada mudou. O que eu era, inda sou;
　　Sigo em frente, porque p'ra trás me puxam,
　　E contra a mi'a vontade não irei.

CAMILO
　　Gentil senhor, sabeis perfeitamente
　　Da índole do vosso pai. Nesta hora
　　Não permite conversa... na verdade,
　　Nem creio que falar-lhe pretendeis...
　　Temo que tampouco ele queira ver-vos.
　　Portanto, até que a fúria de Sua Alteza
　　Se aplaque, não chegueis próximo dele.

FLORIZEL
　　Não pretendo fazê-lo. És Camilo?

4.4

CAMILO [*Livrando-se do disfarce*]
    Ele mesmo, senhor.

PERDITA
    Quantas vezes eu disse que assim
    Tudo acabaria? Quantas vezes disse
    Que o privilégio só perduraria
    Enquanto a verdade se ocultasse?[39]

FLORIZEL
    Só haverá fracasso se eu violar
    Meus votos; nesse caso, que a Natura
    Torça os flancos da terra, e aniquile
    As sementes da vida. Eleva o olhar.
    Da sucessão, meu pai, podes varrer-me;
    Sou herdeiro do amor.

CAMILO
                    Buscai conselho.

FLORIZEL
    Buscarei, junto ao amor.[40] Se a razão
    Quiser obedecer-lhe, ouço a razão.
    Se não, os meus sentidos, inclinados
    À loucura, a esta hão de dar boas-vindas.

CAMILO
    Senhor, é desespero.

FLORIZEL
    Chama-lhe o que quiseres; para mim
    É integridade, pois me faz cumprir
    Juramentos. Camilo, nem p'la Boêmia,
    Nem p'la pompa que dela possa advir,
    Nem por tudo que o sol vem contemplar,

---

39) Isto é, o privilégio de ser noiva do Príncipe (Dolan, p. 82).
40) No original, "*fancy*"; sigo a interpretação de Andrews (p. 170), Orgel (p. 193) e Schanzer (p. 217).

4.4

    Nem p'lo que a terra traz em suas entranhas,
    Nem p'lo que o mar oculta em profundezas
    Insondáveis, os votos por mim feitos
    À formosa amada serão rompidos.
    Portanto, eu te peço, já que sempre
    Foste fiel amigo de meu pai,
    Quando ele a minha falta perceber...
    E juro que não mais pretendo vê-lo...
    Com bom conselho acalma-lhe a cólera.
    Doravante mi'a luta é co' a Fortuna.
    Ouve e passa adiante: vou p'ra o mar,
    Com ela que não posso ter em terra;
    Bem a calhar, um barco tenho aqui,
    Embora p'ra tal fim não preparado.
    O rumo que pretendo perseguir
    Não é da tua conta, e tampouco
    Me convém revelá-lo.

CAMILO
                      Meu senhor,
    Quisera vosso espírito mais dado
    Fosse a ouvir conselho, ou mais robusto
    Para enfrentar perigo.

FLORIZEL
                      Ouve, Perdita...
      [*Dirigindo-se a Camilo*]
    Logo acabo de ouvir-te.
      [*Puxa Perdita para o lado*]

CAMILO
                      Inabalável!
    Resolvido a fugir. Feliz eu fora,
    Se pudesse da fuga me servir,
    Salvando-o do perigo, demonstrando-lhe
    Afeto e zelo, e assim voltar a ver
    A querida Sicília e o Rei infeliz,
    E amo, a quem tanto anseio por rever.

4.4

FLORIZEL
    Escuta, bom Camilo, tenho tantos
    Problemas que deixei de cerimônias.[41]

CAMILO
    Senhor, creio que ouvistes já falar
    Dos humildes serviços que prestei,
    Co' afeto, a vosso pai?

FLORIZEL
                   Mereces crédito.
    Para meu pai, falar das tuas proezas
    É música, e ele muito se preocupa
    Em vê-las à altura compensadas.

CAMILO
    Bem, senhor, se vos aprouverdes crer
    Que amo o Rei, e, através dele, aquele
    Que lhe está mais perto, Vossa Graça,
    Aceitai o rumo que vos proponho,
    Se alterar for possível este vosso
    Grave e firme propósito. Prometo:
    Eu vos conduzirei a um lugar
    Onde tereis condigna recepção,
    Alteza, onde podeis bem desfrutar
    Vossa amada, de quem, pelo que vejo,
    Nada vos vai separar, a não ser...
    Deus nos livre!... vossa própria ruína.
    Casai com ela; eu, na vossa ausência,
    Farei todo o possível p'ra acalmar
    Vosso pai furioso e vê-lo cordato.

FLORIZEL
    Como será possível, bom Camilo,
    Realizar tal feito? Só milagre!

---

41) Na interpretação de Schanzer, com a qual concordo, Florizel pede desculpas a Camilo por ter precisado falar em particular com Perdita, na presença do conselheiro (p. 218).

4.4

        Chamar-te-ia sobre-humano e, desde então,
        Confiaria em ti.

CAMILO
                    Já decidistes
        Para onde ireis?

FLORIZEL
                  Não, ainda não;
        Mas como um incidente imprevisto
        É a causa da nossa ação insana,
        Escravos declaramo-nos do acaso,
        Mariposas levadas pelos ventos.

CAMILO
        Então, ouvi-me... Assim procedei, pois,
        Se mudar vosso intento não quiserdes,
        E se insistis na fuga: dirigi-vos
        Para a Sicília, e lá apresentai-vos
        Com a bela princesa, assim a vejo
        Destinada, diante de Leontes;
        Ela será vestida qual convém
        À parceira do vosso leito real.
        Posso até ver Leontes recebendo-vos,
        Braços abertos, dando-vos boas-vindas,
        Dizendo-vos: 'Meu filho, perdoai-me'...
        Como se vós o pai fôsseis, beijando
        A mão da vossa jovem princesinha,
        Falando sem parar de sua crueldade
        E de sua bondade... diz que a primeira
        Mandou para o inferno, e que a segunda
        Quer ver crescer mais rápido que o tempo
        E a reflexão.

FLORIZEL
                Camilo, que pretexto
        Lhe darei p'ra visita?

4.4

CAMILO
>>>Sois enviado
Pelo Rei, vosso pai, para saudá-lo
E trazer-lhe consolo. Meu senhor,
O modo que deveis vos conduzir,
Aquilo que deveis dizer, em nome
De vosso pai, e que só nós sabemos,
Vos darei por escrito. Servirá
De indicação em cada encontro vosso,
Para que ele não deixe de notar
Que conheceis tão bem o pensamento
De vosso pai, falando em nome dele.

FLORIZEL
>>>A ti fico obrigado... Boa idéia.

CAMILO
>>>Rumo mais promissor do que seguirdes
Por águas que não foram navegadas,
Costas nunca sonhadas, com certeza,
Passando por bastante sofrimento...
Nada de expectativa de socorro,
Sozinhos superando um problema
Após o outro; vossa única firmeza
Seriam as âncoras, que vos salvam,
Mas vos mantêm em porto indesejado.
Além disso, sabeis, prosperidade
É o vínculo do afeto, cuja tez
E cujo coração sempre se alteram
Diante da adversidade.

PERDITA
>>>A primeira
Procede: adversidade faz murchar
A face, porém não derrota a mente.

CAMILO
>>>Assim pensais? Nos próximos sete anos,

4.4

    Sob o teto do vosso pai, não há
    De vir ao mundo outra como ela.

FLORIZEL
    Ela está tão acima do seu berço,
    Bom Camilo, quanto abaixo do meu.

CAMILO
    Não posso lamentar que ela não tenha
    Instrução, pois parece professora
    Da maioria que ensina.

PERDITA
                     Meu senhor,
    Perdão; enrubescendo, agradeço-vos.

FLORIZEL
    Perdita, minha linda! Mas, pisamos
    Em espinhos! Camilo... salvador
    De meu pai, meu agora, curandeiro
    Da nossa casa... como proceder?
    Não levarei comigo toda a pompa
    Do Príncipe da Boêmia, e como tal
    Na Sicília não hei de parecer.

CAMILO
    Senhor, nada temais a este respeito.
    Penso que sabeis, toda mi'a fortuna
    Ficou lá; cuidarei p'ra que tenhais
    Devida pompa real, como se a cena
    Que ides representar fosse a minha.
    Por exemplo, senhor, p'ra que saibais
    Que nada vos faltará, escutai-me...
       [*Conversam à parte*]
       Entra Autólico

4.4

AUTÓLICO
    Ah! Ah! Como é tola a honestidade! E a confiança, sua irmã de sangue, que dama simplória! Vendi todas as minhas bugigangas; não sobrou nem uma pedra falsa, nem fita, nem espelho, sachê, broche, caderneta, balada, faca, gorgorão, luva, cadarço, pulseira, anel de chifre, para evitar que meu alforje passasse fome. Acotovelavam-se para ver quem comprava primeiro, como se minhas quinquilharias fossem santas e trouxessem bênçãos ao comprador, o que me permitiu examinar as bolsas, escolher e memorizar as mais recheadas. O Camponês, a quem tão pouco falta para ser criatura racional, apaixonou-se tanto pelas canções das mulheres que não arredou as patinhas, enquanto não aprendeu melodias e letras, o que só fez atrair para o meu lado o resto do rebanho, com todos os sentidos concentrados no ouvido... dava até para beliscar fundilhos e roubar anágua; ninguém sentia nada; era fácil capar bolsas e cortar pendurucalhos. Nada mais se ouvia, nada se sentia, somente a canção do meu Camponês, a quem todos davam boa nota; de modo que, naquele momento de tamanha estupidez, bati carteira e cortei muita bolsa; e se o velho não tivesse provocado uma algazarra por causa da filha dele e do filho do Rei, espantando do milho meus pintos, eu não teria deixado uma bolsa ilesa em toda aquela multidão.
    [*Camilo, Florizel e Perdita vêm à frente*]

CAMILO
    Não, mas as minhas cartas, lá chegando
    Juntamente convosco, evitam dúvidas.

FLORIZEL
    E as que conseguirás do Rei Leontes?...

CAMILO
    Hão de satisfazer o vosso pai.

PERDITA
    Bendito sejais! Tudo o que dizeis
    Parece promissor.

CAMILO   [*Vendo Autólico*]
    Quem temos cá?

4.4

Ele de instrumento vai servir-nos;
O que pode ajudar não desprezemos.

AUTÓLICO [À parte]
Se ouviram o que eu disse... será a forca.

CAMILO
Então, bom rapaz, por que tremes tanto?
Não tenhas medo, homem, por aqui
Ninguém te fará mal.

AUTÓLICO
Sou um pobre coitado, meu senhor.

CAMILO
Ora, continua sendo; ninguém aqui vai roubar isso de ti. Porém, quanto à tua aparência de pobreza, precisamos implementar uma alteração; portanto, despe-te já... hás de convir que é caso de extrema necessidade... e troca de roupa com este cavalheiro. Embora o negócio para ele seja mau, espera, que já vais lucrar.
[Dá dinheiro a Autólico]

AUTÓLICO
Sou um pobre coitado, meu senhor. [À parte] Conheço-vos muito bem.

CAMILO
Vamos, por favor, depressa... o cavalheiro já está quase em pêlo.

AUTÓLICO
Estais falando sério, senhor? [À parte.] Isso me cheira à trapaça.

FLORIZEL
Depressa, por favor.

AUTÓLICO
Decerto, já recebi o numerário, mas não posso em sã consciência aceitá-lo.

CAMILO
Desabotoa, desabotoa.

4.4

       [*Florizel e Autólico trocam as respectivas roupas*]
       [*Dirigindo-se a Perdita*]
Afortunada dama... cumpra-se esta
Profecia!... Deveis vos esconder;
Tomai este chapéu de vosso amado
E o enterrai em vossa fronte, até os olhos;
Cobri o rosto, o manto retirai,
Tanto quanto possível, disfarçai-vos,
A fim de que possais... temo espiões...
Incógnita embarcar.

PERDITA

                Vejo uma peça,
E tenho meu papel a encenar.

CAMILO

Não há outro remédio. Já estais prontos?

FLORIZEL

Se agora com meu pai eu me encontrasse,
Ele de filho não me chamaria.

CAMILO

Não, não deveis usar vosso chapéu.
       [*Dá o chapéu a Perdita*]
Vinde, senhora, vinde. Adeus, amigo.

AUTÓLICO

Adeus, senhor.

FLORIZEL

Perdita, o que teremos esquecido?...
Ouve-me, por favor.[42]
       [*Ele a conduz a um canto*]

---

42) Referindo-se a momentos semelhantes em outras peças shakespearianas, estudiosos comentam que, aqui, o "esquecimento" a que se refere Florizel é mera estratégia dramática, de modo a permitir o recuo de Florizel e Perdita na cena, para que Camilo possa, então, falar sua parte (Orgel, p. 201; Schanzer, p. 221).

4.4

CAMILO
                    O que farei,
Em seguida, será dar ciência ao Rei
Dessa fuga, e do rumo a ser tomado;
Espero assim forçá-lo a se lançar
No encalço deles; junto com o Rei,
Volto a ver a Sicília, um desejo
Em mim intenso como o da mulher.

FLORIZEL
Fortuna nos ajude! Agora vamos,
Camilo, rumo ao mar.

CAMILO
Mais depressa, melhor.
    Saem [Florizel, Perdita e Camilo]

AUTÓLICO
Já entendi o negócio; ouvi o necessário. Manter ouvido alerta, olho vivo e mão ágil são condições indispensáveis a um batedor de carteira; um bom nariz também é necessário, para farejar trabalho a ser feito pelos outros sentidos. Vejo ser este o tempo em que o injusto há de prosperar. Que troca teria eu feito, sem lucro! Que lucro terei, com esta troca! Com certeza, este ano os deuses estão a meu favor, e posso fazer o que quiser, sem planejar. Até o Príncipe está metido em coisa errada, fugindo do pai, e ainda levando um contrapeso. Mesmo que eu achasse que o correto seria advertir o Rei, não o faria. Acho que é maior esperteza esconder; portanto, serei fiel à minha profissão.
    Entram o Camponês e o Velho Pastor [trazendo uma trouxa e uma caixa]
É só espreitar, só espreitar... eis mais material para um cérebro ativo. Todo beco, toda loja, igreja, tribunal, enforcamento, fornece trabalho a um homem cauteloso.

CAMPONÊS
Estais vendo, estais vendo a situação em que vos meteste? A única saída é contar ao Rei que ela foi enjeitada, e que não é carne da vossa carne, nem sangue do vosso sangue.

4.4

VELHO PASTOR
    Não, escuta-me!...

CAMPONÊS
Não, escutai a mim!

VELHO PASTOR
    Então, fala.

CAMPONÊS
    Se ela não é carne da vossa carne, nem sangue do vosso sangue, a vossa carne e o vosso sangue não terão ofendido o Rei; então, a vossa carne e o vosso sangue não devem ser punidos por ele. Mostrai essas coisas que encontrastes junto dela, essas coisas secretas, tudo, menos o que ela está usando. Isto feito, a lei nada poderá contra vós, garanto-vos.

VELHO PASTOR
    Contarei tudo ao Rei, palavra por palavra, sim, inclusive as travessuras do filho... que, posso dizer, não agiu de modo correto, nem com o pai nem comigo, querendo fazer de mim parente do Rei.[43]

CAMPONÊS
    Pois é, parente seria o laço mais distante que poderíeis ter com ele; mesmo assim, vosso sangue ficaria muito mais nobre e caro; só não sei quanto valeria cada litro.

AUTÓLICO [*À parte*]
    Quanta sensatez... imbecis!

VELHO PASTOR
    Bem, vamos ter com o Rei. Nesta trouxa tem coisa que vai fazê-lo coçar a barba.

AUTÓLICO [*À parte*]
    Não vejo como essa revelação poderá impedir a fuga do meu senhor.[44]

---

43) No original, "*brother-in-law*", i.e., "cunhado"; Schmidt esclarece que o pai da nora era chamado cunhado pelo sogro desta (v. 1, p. 150).
44) Autólico acredita estar a serviço de Florizel.

4.4

CAMPONÊS
Rezemos para que ele esteja no palácio.

AUTÓLICO [À parte]
Embora eu não seja honesto por natureza, às vezes o sou por acaso. Para o bolso com meu disfarce de mascate.
[Retira a barba falsa]⁴⁵
... Então, camponeses, para onde ireis?

VELHO PASTOR
Para o palácio, se for do agrado de Vossa Excelência.

AUTÓLICO
Vosso negócio lá, o quê, com quem, o conteúdo desta trouxa, o local da vossa residência, vossos nomes, idades, haveres, filiação, e tudo o mais que convém saber... revelai!

CAMPONÊS
Estamos lisos, senhor.

AUTÓLICO
Mentira! Sois ásperos e peludos. Nada de mentiras; só condizem com comerciantes, que tantas vezes oferecem-nos mentiras, a nós, oficiais, pelas quais pagamos em dinheiro sonante, não em espadas; portanto, as mentiras não nos são oferecidas gratuitamente.

CAMPONÊS
Vossa Excelência teria nos oferecido uma mentira, caso não tivesse se dado conta a tempo.

VELHO PASTOR
Com vossa permissão, sois da corte, não, senhor?

AUTÓLICO
Com ou sem permissão, sou da corte. Não reconheces o ar da corte neste drapeado? Não caminho com a cadência digna de um cortesão? Teu nariz

---
45) Isto é, para se fazer passar por nobre.

4.4

    não percebe o odor da corte emanando da minha pessoa? Diante da tua baixeza, não demonstro por ti desprezo próprio de cortesão? Por saber me insinuar, arrancando de ti o propósito do teu negócio, não sou qual um cortesão? Sou cortesão da cabeça aos pés, cortesão que tem condições de apoiar ou impedir teus negócios na corte; portanto, ordeno-te revelar-me teu propósito.

VELHO PASTOR
    Meu negócio, senhor, é com o Rei.

AUTÓLICO
    Que causídico apresentas a ele?

VELHO PASTOR
    Com vossa permissão, não entendi.

CAMPONÊS
    Causídico é o termo jurídico para faisão... diz que não apresentas nenhum.[46]

VELHO PASTOR
    Nenhum, senhor, não tenho faisão, nem galo, nem galinha.

AUTÓLICO
    Benditos somos nós, os não simplórios!
    No entanto, a natureza poderia
    Ter-me feito como eles; sendo assim,
    Não devo desprezá-los.

CAMPONÊS
    Está se vendo que é um cortesão importante.

VELHO PASTOR
    As roupas são ricas, mas ele não as veste com elegância.

---

46) Desconhecendo o significado da palavra "causídico", o Camponês supõe que se espera que o Pastor leve uma ave de presente ao Rei (Orgel, p. 204; Schanzer, pp. 222-23; Andrews, p. 188).

4.4

CAMPONÊS
> O que mais o faz parecer nobre são os modos estranhos. Homem importante, garanto... notei pelo jeito como palita os dentes.

AUTÓLICO
> Essa trouxa aí, o que há dentro da trouxa? Por que essa caixa?

VELHO PASTOR
> Senhor, há segredos dentro desta trouxa e desta caixa que ninguém mais — só o Rei — deve conhecer, e vai conhecer dentro de uma hora, se eu conseguir falar com ele.

AUTÓLICO
> Velho, perdeste a viagem.

VELHO PASTOR
> Por que, senhor?

AUTÓLICO
> O Rei não está em palácio; embarcou em um novo navio, para purgar-se da melancolia e respirar ares marinhos; se és capaz de te ocupares com coisas sérias, deves saber que o Rei está muito desgostoso.

VELHO PASTOR
> Assim dizem, senhor... por causa do filho, que pretendia se casar com a filha de um pastor.

AUTÓLICO
> Se esse tal Pastor já não estiver preso, pode até conseguir fugir; mas as pragas que lhe serão rogadas, o sofrimento que ele há de passar serão suficientes para quebrar as costas de qualquer homem, e partir o coração de um monstro.

CAMPONÊS
> É isso o que pensais, senhor?

AUTÓLICO
> Ele não há de sofrer sozinho o peso da crueldade mental e o amargor da vingança, mas aqueles que dele forem aparentados, ainda que afastados

em qüinquagésimo grau, serão levados ante o carrasco... o que, embora muito doloroso, é necessário. Um velho pilantra, assobiador de ovelha, um tratador de carneiro, querer que a filha seja chamada de Vossa Graça! Há quem diga que ele deve ser apedrejado, mas uma morte assim seria branda demais, digo eu. Nosso trono ir parar na choupana de um pastor! Todas as execuções seriam poucas, e a mais cruel, branda demais.

CAMPONÊS
Com a vossa permissão, senhor, já ouvistes falar se o tal velho tem um filho?

AUTÓLICO
Tem um filho, que há de ser esfolado vivo, lambuzado de mel e exposto em cima de um vespeiro, até estar quase mortinho; então, será reanimado com aguardente, ou qualquer outra bebida forte, e, todo em carne viva, e no dia mais quente do ano, será colocado contra um muro de tijolos, o sol a pino, e ali ficará exposto, ao sol e às moscas, até a morte. Mas, por que falamos desses patifes traidores, cujas torturas merecem o nosso riso, tão capitais foram as ofensas? Dizei-me... pois a mim pareceis homens honestos, simples... o que pretendeis com o Rei. Se me mostrardes a devida consideração,[47] eu vos levarei até onde ele está embarcado, a ele vos apresentarei e direi algumas palavras em vosso favor; se há um homem, além do Rei, capaz de realizar vosso intento, ei-lo aqui.

CAMPONÊS
Ele parece ter mesmo muita autoridade. Aceitai a oferta; dai-lhe o ouro. Embora a autoridade seja um urso teimoso, é comum ficar mansinha e se deixar levar pelo ouro. Esvaziai a bolsa na mão dele, e chega de conversa. Lembrai: 'apedrejado', 'esfolado vivo'!

VELHO PASTOR
Se for do vosso agrado, senhor, representar-nos nesse negócio, eis o ouro que trago comigo. Tenho outro tanto guardado, e vou deixar este jovem aqui, de penhor, até a hora de completar a soma.

AUTÓLICO
Depois de eu ter cumprido o que prometi?

---
47) Autólico pede suborno.

4.4

VELHO PASTOR
   Sim, senhor.

AUTÓLICO
   Está bem; dá-me agora a metade. [*Dirigindo-se ao Camponês*] Estás envolvido neste negócio?

CAMPONÊS
   De certa maneira, senhor; mas embora minha pele e minha condição sejam dignas de pena, espero não ser esfolado vivo por causa delas.

AUTÓLICO
   Ah! É a mesma situação do filho do pastor... que seja enforcado, para servir de exemplo.

CAMPONÊS
   Consolo, que consolo! [*À parte, dirigindo-se ao Pastor*] Devemos ir ter com o Rei, e mostrar-lhe essas coisas estranhas. Ele precisa saber que ela não é vossa filha, nem minha irmã; se não, estamos perdidos... Senhor, eu vos darei a mesma quantia que este velho vos der, quando o negócio estiver concluído, e vou ficar aqui, como ele disse, de penhor, até que a soma seja entregue.

AUTÓLICO
   Confio em vós. Caminhai à minha frente, em direção ao litoral; segui pelo lado direito... Eu vou dar uma chegadinha atrás daquela moita, e já vos sigo.[48]

CAMPONÊS
   Este homem foi para nós uma bênção, uma verdadeira bênção.

VELHO PASTOR
   Vamos na frente, conforme ele mandou. Ele foi enviado para nos fazer o bem.
   [*Saem o Pastor e o Camponês*]

---

48) Supostamente, para urinar (Orgel, p. 207; Schanzer, p. 225; Andrews, p. 194; Dolan, p. 95).

4.4

AUTÓLICO
    Se eu tivesse intenção de ser honesto, vejo que a Fortuna não me permitiria... Ela atira as presas na minha boca. Sou agora duplamente bafejado: ouro e a chance de prestar um serviço ao Príncipe, meu amo... e quem sabe o benefício que isso não me trará? Levarei essas duas toupeiras cegas à presença dele, a bordo. Se ele achar por bem mandá-los de volta à terra, e que o assunto que têm para tratar com o Rei não lhe diz respeito, que me chame de pilantra por ter sido tão intrometido; sou imune a esta pecha e à vergonha que ela acarreta. A ele os apresentarei; pode haver nisso algum lucro.
    Sai

ATO 5

5.1[1] *Entram Leontes, Cleômenes, Dion, Paulina e Criados*[2]

CLEÔMENES
    Meu senhor, já fizestes o bastante;
    O martírio de um santo haveis vivido.
    Não cometestes erro que não esteja
    Redimido; decerto, a penitência
    É maior do que a falta. Pelo menos,
    Procedei como os céus: de vosso mal
    Esquecei-vos; perdoai-vos a vós mesmo,
    Como eles vos perdoaram.

LEONTES
                      Não, enquanto
    Dela e de suas virtudes me lembrar,
    Não posso esquecer quanto as maculei,
    E inda penso no mal que fiz a mim,
    Tão grave que deixou este meu reino
    Sem herdeiro, e destruiu a companheira
    Mais meiga em que jamais um indivíduo
    Colocou sua esperança. Não é verdade?

PAULINA
    É a pura verdade, meu senhor.
    Se, uma a uma, todas as mulheres
    Do mundo desposásseis, se tirásseis

---

1) Local: Sicília, palácio de Leontes.
2) O *Fólio* aqui marca, ainda, as entradas de Florizel e Perdita (p. 298).

5.1

    De cada uma o melhor para formardes
    Uma mulher perfeita, a que matastes
    Continuaria sendo incomparável.[3]

LEONTES
    É o que penso. Matei-a? Por mim morta?
    Foi o que fiz, mas feres-me se o dizes.
    Em tua língua o dito é tão amargo
    Quanto em meus pensamentos. Por favor,
    Diz isso raramente.

CLEÔMENES
                Nunca mais,
    Boa dama. Poderíeis ter falado
    Mil coisas adequadas ao momento,
    Fazendo jus à vossa boa vontade.

PAULINA
    Sois dos que o querem casado de novo.

DION
    Se assim não desejais, não tendes pena
    Da situação do Estado, ou da memória
    Do nome soberano, e não notais
    Os perigos que podem se abater
    Sobre seu reino, destruindo incautos
    Súditos, se herdeiro não tiver.
    Que haverá de mais santo do que o júbilo
    Pelo descanso em paz da nossa Rainha?
    Que pode ser ainda mais piedoso,
    P'ra saúde da realeza, p'ra consolo
    Agora e o bem futuro, que abençoar
    O leito real com meiga companheira?

---

[3] No original, *"unparalleled"*; trata-se do mesmo adjetivo, na verdade, do último adjetivo com que Charmian, aia tão fiel e quase tão intrépida quanto Paulina, descreve Cleópatra (Ato 5, cena 2).

5.1

PAULINA
    Mulher alguma é digna, comparada
    Àquela que se foi. Além do mais,
    Os deuses vão cumprir os seus desígnios;
    Não afirmou o tão divino Apolo,
    Pois, não foi o teor do seu oráculo,
    Que o Rei Leontes não terá herdeiro
    Até que a filha perdida apareça?
    Mas, isso seria tão surpreendente
    Para a razão humana, como se
    Meu Antígono o túmulo fendesse
    E voltasse p'ra mim, ele que, juro,
    Co' a criança pereceu. Vosso conselho
    É que meu senhor os céus contrarie,
    Fazendo oposição à sua vontade.
    [*Dirigindo-se a Leontes*]
    Não vos preocupeis com vossa prole;
    O trono terá um herdeiro. Alexandre
    Deixou o seu ao mais valente e honrado;
    Assim teve o melhor dos sucessores.

LEONTES
    Bem sei, boa Paulina, o quanto honras
    A memória de Hermione; tivesse eu
    Seguido teus conselhos! Hoje mesmo,
    Talvez pudesse olhar dentro dos olhos
    Da querida Rainha, e arrebatar
    Tesouros dos seus lábios...

PAULINA
                        E deixando-os
    Mais ricos porque foram generosos.

LEONTES
    Falas uma verdade. Não há outras
    Esposas semelhantes; sendo assim,
    Nada de esposa. Uma inferior,
    Tratada com mais zelo, levaria

5.1

    O espírito abençoado da Rainha
    Ao corpo regressar, e neste palco,
    Onde nós, transgressores, trabalhamos,
    Surgir, angustiado, perguntando:
    'Por que isso comigo?'

PAULINA
    Tivesse ela o poder, teria também
    Causa justa.

LEONTES
              Teria mesmo, e a mim
    Incitaria a matar a que eu esposasse.

PAULINA
    O mesmo eu faria. Fosse eu espectro
    Errante, examinar-lhe bem os olhos
    Eu vos ordenaria, e que dissésseis
    O que neles, opacos, vos teria
    Levado a escolhê-la; em seguida,
    Eu daria um guincho, que faria
    Romper o vosso tímpano, e as palavras,
    A seguir, seriam: 'Lembra-te dos meus'.

LEONTES
    Estrelas, só estrelas, e os demais
    Olhos, todos, carvões inda apagados...
    Não temas outra esposa; não terei
    Outra esposa, Paulina.

PAULINA
              Não quereis
    Jurar jamais casar sem que eu permita?

LEONTES
    Jamais, Paulina, juro, e que bendita
    Seja a minha alma.

5.1

PAULINA
                            Então, meus bons senhores,
Do juramento sede testemunhas.

CLEÔMENES
Tu o induzes demais.

PAULINA
                                  A não ser
Que uma outra, idêntica a Hermione,
Qual seu próprio retrato, lhe surgisse
Diante dos olhos.

CLEÔMENES
                            Boa dama...

PAULINA
                                    Já basta.
Porém, se meu senhor quer se casar...
Se quiserdes, senhor, não há remédio...
Reservai-me a incumbência de encontrar-vos
Uma rainha. Não será tão jovem
Quanto a primeira, mas será tal que,
Se o espectro de Hermione retornasse,
Se alegraria em vê-la em vossos braços.

LEONTES
Minha leal Paulina, não me caso,
Até que tu me ordenes.

PAULINA
                                  Tal será
Quando a vossa primeira soberana
Voltar a respirar; antes, jamais.
        Entra um Criado

5.1

CRIADO
    Alguém que Florizel se chama, Príncipe,
    E filho de Políxenes, com sua
    Princesa... a mais formosa que já vi...
    Quer à vossa presença ser trazido.

LEONTES
    Quem mais o acompanha? Ele não
    Chega cercado da pompa do pai.
    Essa visita, assim sem protocolo,
    Repentina, denota um improviso,
    Parece por contingências imposta.
    Que séquito o acompanha?

CRIADO
                    Bem pequeno,
    Composto de plebeus.

LEONTES
                A sua Princesa,
    Disseste, vem com ele?

CRIADO
                   Sim, a mais
    Singular obra-prima que jamais
    O sol iluminou.

PAULINA
             Ó Hermione!
    Assim como o presente vangloria-se
    Do passado, teu túmulo dá a vez
    Ao que vemos agora.
        [*Dirigindo-se ao Criado*]
                   Meu rapaz,
    Foste tu que disseste, até escreveste...
    Mas teu escrito está mais frio que o tema...
    Que ela não tinha sido, nem jamais
    Igualada seria; assim outrora

5.1

    Fluíam teus versos, plenos da beleza
    Da Rainha. É refluxo traiçoeiro
    Dizer que viste outra inda melhor.

CRIADO
    Perdoai-me, senhora. Uma eu já quase
    Esqueci... perdoai-me; quanto à outra,
    Assim que cativar os vossos olhos,
    Há de obter a vossa aprovação.
    É uma criatura que, iniciando
    Uma seita, o fervor dos concorrentes
    Apagaria, prosélitos fazendo
    De quantos desejasse.

PAULINA
                  Não mulheres!

CRIADO
    Iriam amá-la as mulheres por ser
    Mais digna que qualquer homem; os homens,
    Por ser ela a mais rara das mulheres.

LEONTES
    Vai, Cleômenes, junto dos teus mais
    Virtuosos amigos, vai buscá-los
    Para que os abracemos.
        [*Saem Cleômenes e outros*]
                      Inda assim,
    É estranha essa visita repentina.

PAULINA
    Estivesse com vida o nosso Príncipe,
    Que jóia de criança, boa dupla
    Faria co' este senhor. Menos de um mês
    Havia entre os nascimentos.

LEONTES
                        Por favor,
    Já basta; tu bem sabes que, p'ra mim,
    Ele morre outra vez, se dele falam.
    Decerto, quando eu vir esse fidalgo,
    Tua fala há de trazer-me pensamentos
    Capazes de privar-me da razão.
    Ei-los aí.
            Entram Florizel, Perdita, Cleômenes e outros
                Vossa mãe foi fiel, Príncipe,
    Ao matrimônio, pois reproduziu
    Vosso pai, concebendo-vos. Tivesse
    Eu vinte anos, de irmão vos chamaria,
    Assim como o chamava, e lembraria
    Alguma travessura há pouco feita;
    Visto que a imagem sois do vosso pai,
    A sua fisionomia. Muito bem-vindo!
    Vossa bela princesa... melhor, deusa!
    Oh! Ai de mim! Perdi um casal, dois filhos,
    Que entre o céu e a terra como vós,
    Par gracioso, estariam, suscitando
    A admiração geral; depois perdi...
    Pura sandice minha... a companhia
    E o afeto do vosso nobre pai,
    A quem quero viver para rever,
    Embora em agonia eu leve a vida.

FLORIZEL
    Por ordem dele, venho até a Sicília;
    Da parte dele, trago saudações
    Que um rei amigo envia a um irmão.
    Se a doença, que surge co' a velhice,
    Não lhe houvesse frustrado as intenções,
    Ele teria cruzado terra e mar,
    Entre seu trono e o vosso, p'ra rever-vos,
    A quem ele... mandou que vos dissesse...
    Dedica mais amor que a qualquer cetro,
    Ou àqueles que, vivos, os empunham.

5.1

LEONTES
    Ó irmão! Bom senhor, todos os males
    Que te causei[4] despertam no meu íntimo,
    E a tua saudação, tão generosa,
    Expõe a minha grande negligência.
    Bem-vindo, como à terra é a primavera.
    Terá teu pai exposto esta beldade
    Aos perigos... ao menos, à aspereza...
    Do temido Netuno, p'ra saudar
    Um homem tão indigno desse esforço,
    Dos riscos que correu?

FLORIZEL
                    Meu bom senhor,
    Ela veio da Líbia.

LEONTES
                  Onde é temido
    E benquisto o valente e nobre Esmalo?[5]

FLORIZEL
    De lá, real senhor, da parte dele,
    Cuja filha foi pelas suas lágrimas
    Reconhecida, quando despediram-se;
    De lá, por um propício vento sul
    Fomos aqui trazidos, p'ra cumprir
    A ordem de meu pai, de a Vossa Alteza
    Visitarmos. Nas costas da Sicília,
    Despedi o melhor setor do séquito,
    Rumo à Boêmia, não só p'ra contar
    Do meu sucesso em Líbia, meu senhor,
    Mas da minha chegada aqui, a salvo,
    Junto com minha esposa.

---

4) A alteração no pronome de tratamento segue o original.
5) É desconhecida a origem histórica ou literária de Esmalo. Nas *Vidas paralelas de gregos e romanos nobres*, ao biografar Dion, Plutarco refere-se a uma viagem, da Líbia a uma cidade da Sicília governada por um cartaginês chamado Sinalo. Não se trata de identificar Sinalo e Esmalo; cumpre registrar apenas a sugestão de que o nome Esmalo parece vir de Plutarco (Orgel, p. 215; Schanzer, p. 227; Andrews, p. 208).

5.1

LEONTES
                    Que os bons deuses
    Livrem nossa atmosfera de infecções,
    Enquanto vós aqui permanecerdes!
    Tendes um santo pai, cheio de graça,
    Pessoa piedosa contra quem
    Cometi um pecado pelo qual
    Os céus, enfurecidos, me deixaram
    Sem herdeiros, enquanto vosso pai,
    Merecedor do céu, foi agraciado
    Convosco, digno da virtude dele.
    A quê não chegaria eu, se agora
    Pudesse contemplar um filho e filha
    Formosos como vós!
            Entra um Nobre

NOBRE
                    Nobre senhor,
    O que vou relatar não teria crédito,
    Caso a prova tão perto não estivesse.
    Grande senhor, por mim o Rei da Boêmia
    Manda-vos saudações, e a vós requer
    A detenção do filho, que, esquecendo
    Da honra e do dever, fugiu do pai,
    E do próprio futuro, acompanhando
    A filha de um pastor.

LEONTES
                    Onde está o Rei?

NOBRE
    Aqui em vossa cidade; agora mesmo
    Estive com ele. Sei que pareço
    Bem confuso; porém, o meu espanto
    Condiz com mi'a surpresa e mi'a mensagem.
    Ao vir a toda pressa à vossa corte,
    No encalço deste belo par, o Rei
    Depara-se co' o pai e com o irmão

5.1

    Dessa suposta dama, tendo ambos
    Deixado seu país co' o jovem Príncipe.

FLORIZEL
    Camilo me traiu, ele, cuja honra
    E honestidade haviam resistido
    Às cruéis intempéries.

NOBRE
                      Frente à frente
    Podereis acusá-lo; está co' o Rei,
    Vosso pai.

LEONTES
        Quem? Camilo?

NOBRE
                      Sim, senhor;
    Falei com ele, e agora ele interroga
    Os dois pobres coitados. Jamais vi
    Infelizes tremerem tanto assim...
    Ajoelham-se, dão beijos na terra,
    Desmentem-se palavra após palavra;
    O Rei tapa os ouvidos, e os ameaça
    Com torturas mortais.

PERDITA
                    Meu pobre pai!
    O céu mandou espiões atrás de nós;
    Não quer ver celebradas nossas bodas.

LEONTES
    Sois casados?

FLORIZEL
    Não somos, meu senhor,
    Nem é muito provável que o seremos.
    Será mais fácil, pelo o que estou vendo,

As estrelas beijarem grandes vales
Do que grande e pequeno se juntarem.[6]

LEONTES
Meu senhor, ela é filha de monarca?

FLORIZEL
Sim, quando se tornar minha mulher.

LEONTES
Ao que parece, o 'quando', dependendo
Da pressa do teu pai, vai demorar.
Causa-me pena, muita pena mesmo,
Não mais teres o afeto do teu pai,
A quem estás ligado p'lo dever,
E também tenho pena de que tua
Escolhida não seja tão dotada
Em berço quanto em garbo, a fim de que
Possas dela usufruir.

FLORIZEL
                    Minha querida,
Ergue a cabeça. Embora a vil Fortuna,
Visível inimiga, haja levado
Meu pai a nos seguir, ela não tem
O mínimo poder para alterar
O nosso amor. Suplico-vos, senhor,
Lembrai de quando ao Tempo vós devíeis
Tanto quanto eu agora. Relembrando
Vossos próprios afetos, advogai
Em meu favor... ante um pedido vosso,
Meu pai há de ceder preciosidades
Como que bagatelas.

---
6) Sigo aqui a paráfrase de Orgel (p. 217).

5.2

LEONTES
                        Se assim fosse,
Eu lhe pedira a vossa preciosa
Dama, para ele mera bagatela.

PAULINA
    Senhor, meu soberano, vossos olhos
Estão demais afoitos. Nem um mês
Antes de falecer, vossa Rainha
Merecia os olhares muito mais
Do que esta que agora olhais.

LEONTES
                            Pensava
Eu nela, enquanto olhava. Todavia,
Não respondi à vossa petição.
Vou ter com vosso pai. Se vossa honra
Não foi pelos desejos derrotada,
Sou fiel a eles e a vós; com tal propósito
Agora busco o Rei; vinde comigo,
E observai como atuo. Vinde, meu caro.
    Saem

5.2[7] *Entram Autólico e um Cavalheiro*

AUTÓLICO
    Por obséquio, senhor, presenciastes o relato desses eventos?

PRIMEIRO CAVALHEIRO
    Assisti à abertura do embrulho, e ouvi o Velho Pastor contar como o havia encontrado; daí, após um momento de estupefação, mandaram-nos sair do aposento. Pareceu-me ouvir o Pastor dizer que a criança havia sido achada.

---

7) Local: Sicília, diante do palácio de Leontes.

5.2

AUTÓLICO
   Muito gostaria de saber o desenlace da história.

PRIMEIRO CAVALHEIRO
   Meu relato é um tanto desconexo; mas as alterações que percebi no Rei e em Camilo foram notáveis. Encaravam-se tão fixamente que os olhos pareciam saltar-lhes das órbitas. Havia eloqüência em seu silêncio, linguagem em cada gesto; davam a impressão de terem acabado de saber da salvação... ou destruição... do mundo. Mostravam-se visivelmente atônitos, mas nem o observador mais perspicaz, confiando apenas no que via, saberia dizer se a questão implicava alegria ou tristeza... é certo que só podia ser o máximo de um desses dois sentimentos.
   Entra outro Cavalheiro
   Eis um cavalheiro que talvez saiba algo a mais. Novidades, Ruggiero?

SEGUNDO CAVALHEIRO
   Nenhuma, senão alegres fogueiras por toda parte.[8] Cumpriu-se o oráculo, e a filha do Rei foi encontrada; aconteceram tantas coisas espantosas nesta última hora que os compositores de baladas não serão capazes de expressá-las.
   Entra outro Cavalheiro
   Eis o camareiro da Dama Paulina; ele poderá relatar-vos mais ainda. Como estão as coisas, senhor? A novidade, supostamente verdadeira, de tal modo faz lembrar um velho conto que coloca em suspeita a sua veracidade. O Rei encontrou sua herdeira?

TERCEIRO CAVALHEIRO
   É verdade; jamais uma verdade foi corroborada por tantas provas circunstanciais. Tudo o que se ouve é confirmado pelo que se vê; as evidências são sólidas. A manta da Rainha Hermione; a jóia que a criança trazia ao pescoço; as cartas de Antígono encontradas junto à pequena (a letra já foi reconhecida); a majestade da jovem, semelhante à da mãe; o ar de nobreza, tão natural e tão acima do ambiente em que a jovem foi criada; e muitos outros indícios proclamam-na, com toda certeza, filha do Rei. Assististes ao encontro dos dois Reis?

---

8) No original, "*bonfires*"; Schmidt esclarece: fogueiras armadas para expressar a alegria geral (v. 1, p. 128).

5.2

SEGUNDO CAVALHEIRO
Não.

TERCEIRO CAVALHEIRO
Então, perdestes um espetáculo digno de ser assistido, indescritível. Teríeis visto duas alegrias se coroando, de tal modo que parecia que a tristeza chorava por ser obrigada a deixá-los, pois a alegria dos dois nadava em lágrimas. Elevavam os olhos e os braços aos céus, com fisionomias tão transfiguradas que eram reconhecidos pelos trajes, não pelos traços faciais. Nosso Rei, quase fora de si, de tão feliz por ter encontrado a filha, como se tal felicidade fora, subitamente, perdida, grita: 'Oh! A tua mãe! A tua mãe!'; em seguida, pede perdão ao Rei da Boêmia, e abraça o genro; depois, atormenta a filha, de tanto que a abraça. Agradece ao Velho Pastor, que permanece firme como uma fonte surrada pelo tempo, ao longo de vários reinados. Jamais ouvi falar de um encontro como aquele; qualquer relato será pobre, qualquer descrição, injusta.

SEGUNDO CAVALHEIRO
Que, eu vos pergunto, foi feito de Antígono, aquele que daqui levou a criança?

TERCEIRO CAVALHEIRO
Mais uma vez, como em um velho conto, em que há muito o que contar, embora a credulidade cochile e não haja um ouvido atento... foi estraçalhado por um urso. É o que afirma o filho do Pastor, que tem em seu crédito não apenas a sua própria inocência, que não é pequena, mas um lenço e anéis que Paulina reconheceu.

PRIMEIRO CAVALHEIRO
Que foi feito do navio e dos que o acompanhavam?

TERCEIRO CAVALHEIRO
Naufragaram no momento exato em que o senhor morreu, diante dos olhos do Pastor; de modo que todos os agentes do abandono da criança perderam-se quando ela foi encontrada. Mas, Oh! O nobre conflito que se travou em Paulina entre a alegria e a tristeza! Sentia-se deprimida pela perda do marido, e contente que o oráculo se cumprira. Levantou do chão

5.2

a Princesa, com um abraço tão apertado que parecia querer cravá-la no coração, para que não mais corresse o risco de se ver perdida.

PRIMEIRO CAVALHEIRO
A grandeza dessa cena era digna da audiência de reis e príncipes, pois por reis e príncipes foi encenada.

TERCEIRO CAVALHEIRO
Um dos toques mais belos, que em meus olhos fisgou água, se não peixe, foi o sofrimento da filha, quando do relato da morte da Rainha, de como tudo se passou, corajosamente confessado pelo pesaroso Rei. Entre uma e outra expressão de dor, dizendo 'Ai de mim!', ela parecia chorar lágrimas de sangue; quanto a mim, estou certo de que meu coração chorava sangue. Até quem fosse feito de pedra ali ficaria pálido. Houve quem perdesse os sentidos, e todos se mostravam comovidos; se o mundo inteiro houvesse assistido à cena, a dor teria sido universal.

PRIMEIRO CAVALHEIRO
Eles já voltaram à corte?

TERCEIRO CAVALHEIRO
Não. Quando a Princesa ouviu falar da estátua da mãe, que está sob a guarda de Paulina... obra que levou anos sendo feita e que acaba de ser concluída pelo extraordinário mestre italiano, Giulio Romano, o qual, se fosse imortal e pudesse fazer a estátua respirar, passaria a perna na Natureza, tal é a perfeição com que a imita. Fez uma Hermione tão parecida com Hermione que, segundo dizem, quem lhe dirige a palavra fica na expectativa de uma resposta. Para lá seguiram, transbordando afeto, e lá pretendem cear.

SEGUNDO CAVALHEIRO
Sempre pensei que Paulina guardasse ali algo muito importante, pois, desde a morte de Hermione, duas ou três vezes ao dia, visitava aquela casa isolada. Vamos até lá, a fim de nos juntarmos à celebração?

PRIMEIRO CAVALHEIRO
Quem, tendo a entrada permitida, deixaria de ir? A cada piscar de olhos, surgirá uma novidade... a nossa ausência tão-somente contribui para a nossa

5.2

ignorância. Vamos.
Saem [os Cavalheiros]

AUTÓLICO

Não fosse a mácula da minha vida pregressa, agora choveriam sobre mim os favores. Levei o velho e o filho a bordo do navio do Príncipe, e disse-lhe que os ouvira falar de um embrulho e tudo o mais; porém, o mistério não foi desvendado, pois o Príncipe estava embasbacado diante da filha do Pastor... ainda assim a considerava... e a jovem começou a sentir enjôo, e o próprio Príncipe não se sentia muito melhor, pois o tempo estava horrível. Mas, de que adiantaria eu revelar o segredo; o mesmo não teria vingado, em meio ao meu descrédito.

Entram o Velho Pastor e o Camponês

Eis os dois aos quais, sem querer, fiz bem; e já parecem bafejados pela sorte.

VELHO PASTOR

Vamos, rapaz; já passei da idade de ter filhos, mas teus filhos e filhas já nascerão nobres.[9]

CAMPONÊS[10]

Feliz encontro. Outro dia, não quisestes lutar comigo porque eu não era nobre de nascença. Estais vendo essas roupas? Dizei que não as vede, e que achais que não nasci nobre... dizei que essas roupas não são nobres de nascença! Dizei que estou mentindo, dizei, e vereis se eu não sou nobre de nascença!

AUTÓLICO

Agora sei que sois, senhor, nobre de nascença.

CAMPONÊS

Pois é, e o tenho sido o tempo todo, nas últimas quatro horas.

---

9) Na verdade, na Era Elisabetana, para ser oficialmente aceito como membro da classe fidalga, um indivíduo precisava descender de três gerações de nobres, por parte de pai e mãe (Orgel, p. 223; Schanzer, pp. 230-31), a não ser no caso de vendas de títulos.
10) Dirigindo-se a Autólico (a rubrica não consta da edição Oxford).

VELHO PASTOR
　　Eu também, rapaz.

CAMPONÊS
　　Tendes mesmo; mas eu nasci nobre antes do meu pai, pois o filho do Rei me segurou pela mão e me chamou de irmão, e os dois Reis chamaram meu pai de irmão, e depois o Príncipe, meu irmão, e a Princesa, minha irmã, chamaram meu pai de pai, e todos choramos; e aquelas foram as primeiras lágrimas nobres que derramamos.

VELHO PASTOR
　　E ainda vamos viver, filho, para derramar muitas mais.

CAMPONÊS
　　Pois é, se não, seria falta de sorte, pois estamos vivendo um momento tão prepóstero.[11]

AUTÓLICO
　　Humildemente, peço-vos, senhor, perdoai todas as faltas que cometi contra Vossa Excelência, e que me recomendeis ao Príncipe, meu amo.

VELHO PASTOR
　　Por favor, filho, faz o que ele está pedindo; devemos agir com nobreza, agora que somos nobres.

CAMPONÊS
　　Vais, agora, mudar de vida?

AUTÓLICO
　　Sim, se assim desejar Vossa Excelência.

CAMPONÊS
　　Dá-me tua mão. Vou jurar para o Príncipe que és um sujeito tão honesto e leal quanto qualquer outro na Boêmia.

---

11) O Camponês confunde "prepóstero" com "próspero".

5.3

VELHO PASTOR
    Podes isso dizer, mas não deves jurar.

CAMPONÊS
    Não jurar, agora que sou nobre? Roceiros e posseiros se contentam em apenas dizer; eu hei de jurar.

VELHO PASTOR
    E se for falso, filho?

CAMPONÊS
    Mesmo que seja tudo falso, um verdadeiro nobre pode jurar, para favorecer a um amigo. E vou jurar para o Príncipe que és homem de belo porte, hábil com as mãos, e que nunca ficas bêbado... bem sei que não tens belo porte, nem és hábil com as mãos, e que vais te embebedar... mas vou jurar, e até gostaria que tivesses belo porte e fosses hábil com as mãos.

AUTÓLICO
    Assim serei, senhor, até onde me for possível.

CAMPONÊS
    Pois é, custe o que custar, mantém um belo porte. Se eu não demonstrar espanto quando ousares ficar bêbado ou deixares de exibir teu porte imponente, não deves mais confiar em mim. Escuta! Os Reis e os Príncipes, nossos parentes, vão ver a estátua da Rainha. Vem, segue-nos; seremos bons patrões para ti.
    [*Saem.*]

5.3[12] *Entram Leontes, Políxenes, Florizel, Perdita, Camilo, Paulina, Nobres etc.*[13]

LEONTES
    Ó sábia e boa Paulina, que consolo
    Tu me proporcionaste!

---
12) Local: Sicília, casa de Paulina.
13) O *Fólio* registra, ainda, a entrada de Hermione "como uma estátua" (p. 301).

5.3

PAULINA
                       Soberano,
    Mesmo o que não fiz bem foi pelo bem;
    Meus serviços estão muito bem pagos.
    Mas o fato de terdes vos dignado,
    Com vosso irmão coroado e os herdeiros
    Do vosso reino, a vir até a minha
    Humilde casa é excesso de bondade
    Que, enquanto viva, não posso pagar.

LEONTES
    Ó Paulina, te honramos com incômodo;
    Viemos ver a estátua da Rainha.
    Atravessamos tua galeria,
    Sem deixar de admirar as raridades,
    Mas não vimos a obra que mi'a filha
    Quer contemplar: a estátua de sua mãe.

PAULINA
    Conforme em vida foi incomparável,
    A sua imagem morta, quero crer,
    Excede tudo o que já vislumbrastes,
    Ou que foi feito pela mão do homem;
    Por isso, guardo-a à parte, isolada.
    Mas, ei-la... preparai-vos para ver
    A vida vivamente copiada,
    Tanto quanto copia o sono a morte.
        [*Paulina descerra uma cortina e surge Hermione, qual uma estátua*]
    Contemplai, e dizei o quanto é bela.
    Gosto desse silêncio; bem expressa
    Vosso espanto. Porém, falai... primeiro
    Vós, soberano. Não parece real?

LEONTES
    A postura é a dela. Censurai-me,
    Querida pedra e, então, estarei certo
    Que sois Hermione... se não o fizéreis,
    Sois, de fato, ela, pois era tão terna

5.3

        Quanto a infância e a graça. Mas, Paulina,
        Hermione não tinha tantas rugas,
        Nem era tão idosa como a vejo.

POLÍXENES
        Ah! Nem tanto assim.

PAULINA
                     Pois, tanto maior
        O talento do artista, que captou
        Cerca de dezesseis anos, criando-a
        Como se hoje vivesse.

LEONTES
                     E poderia
        Estar viva, o que me causaria
        Consolo tão intenso quanto a dor
        Que agora dilacera a minha alma.
        Ah! Ela era assim, cheia de vida
        E majestade... tão cálida viva
        Quanto agora é fria... quando a cortejei.
        Sinto vergonha. Não me acusa a pedra
        De ser mais pedra que ela? Obra-prima!
        Em tua majestade existe mágica,
        Que evocou meus pecados à memória,
        E roubou os sentidos de tua filha,
        Perplexa, outra pedra, igual a ti.

PERDITA
        Deixai-me, por favor, e não digais
        Que seja idolatria, ajoelhar-me
        E suplicar-lhe a bênção.[14] Oh! Senhora,
        Rainha, cujo fim foi meu começo,
        Dai-me a beijar a vossa mão.

---

14) Temos aqui, talvez, uma referência à objeção feita pelos protestantes à veneração de estátuas, principalmente ao culto da Virgem Maria (Dolan, p. 111).

5.3

PAULINA
                    Oh! Calma...
    A estátua foi há pouco concluída;
    As tintas não secaram.

CAMILO
                    Meu senhor,
    Vossa dor tem camada tão espessa
    Que dezesseis invernos não puderam
    Destruir, nem verões tantos secar.
    Poucas alegrias vivem tanto tempo;
    Não há tristeza que antes não se mate.

POLÍXENES
    Querido irmão, permite àquele que
    Causou isso poderes p'ra tirar
    De ti e carregar consigo mesmo
    Boa parte da tua dor.

PAULINA
                    Para ser franca,
    Senhor, se imaginasse que a visão
    Da minha pobre estátua... a pedra é minha...
    Vos deixaria assim tão abalado,
    Não a teria mostrado.
        [*Ensaia correr a cortina*]

LEONTES
    Não cerres a cortina.

PAULINA
    Não a contempleis mais, senão, em breve,
    Vossa imaginação pode fazer-vos
    Pensar que ela se move.

5.3

LEONTES
                          Que assim seja!
Que eu morra, se não penso que se move...
Quem foi que a fez?... Olhai bem, meu senhor,
Não achais que respira? Nessas veias
Não corre sangue?

POLÍXENES
                       Feita por um mestre!
Em seus lábios parece morna a vida.

LEONTES
    A fixidez do olhar tem movimento;
    A arte zomba de nós.

PAULINA
                          Cerro a cortina.
Meu senhor se deixou levar tão longe
Que, em breve, pensará que ela está viva.

LEONTES
    Ó boa Paulina! Deixa-me assim crer,
    Nos próximos vinte anos! Nem a mais
    Sensata das mentes pode igualar
    O prazer dessa insânia. Em paz deixemo-la.

PAULINA
    Lamento, senhor, ter-vos abalado
    Assim, mas inda posso afligir-vos.

LEONTES
    Aflige-me, Paulina; essa aflição
    Tem um sabor tão doce qual licor.
    Inda penso que dela emana um sopro.
    Que cinzel já esculpiu respiração?
    Ninguém zombe de mim, mas vou beijá-la.

5.3

PAULINA
 Controlai-vos, senhor.
 O vermelho dos lábios está úmido;
 Se os beijardes, ireis danificá-los,
 E os vossos manchareis com tinta óleo.
 Cerro a cortina?

LEONTES
    Não, nem em vinte anos.

PERDITA
 Todo esse tempo aqui eu poderia
 Ficar, a contemplá-la.

PAULINA
     Decidi-vos:
 Retirai-vos agora da capela,
 Ou para mais surpresas preparai-vos.
 Se tendes condições de suportá-lo,
 Farei com que a estátua se desloque,
 Desça e segure a vossa mão... porém,
 Pensareis, contra o que vou protestar,
 Que por forças malignas sou ajudada.

LEONTES
 Tudo o que conseguires que ela faça,
 De bom grado, verei, e o que falar,
 De bom grado, ouvirei; será bem fácil,
 Se ela se mover, fazê-la falar.

PAULINA
 Tereis de despertar a vossa fé.
 Ficai quietos, todos... quem achar
 Profana minha prática, que saia.

LEONTES
 Continuai. Ninguém arreda o pé.

5.3

PAULINA
 Ó música, despertai-a... tocai!¹⁵
  [*Música*]
  [*Dirigindo-se a Hermione*]
 É hora; já não sois pedra; descei; vinde;
 Enchei de espanto todos que vos olham...
 Vinde, vosso sepulcro selarei.
 Movei-vos... avançai; legai à morte
 Vosso torpor, da morte vos liberta
 A vida.
  [*Dirigindo-se a Leontes*]
   Podeis ver, ela se move.
  [*Hermione desce*]
 Não temais; suas ações serão tão santas
 Quanto é sagrado o meu encantamento.
 Não mais a desprezeis enquanto vida
 Ela tiver, pois duas vezes mais
 A mataríeis. Vamos, dai-lhe a mão.
 Quando jovem, por vós foi cortejada;
 Idosa, será ela quem corteja?

LEONTES
 Ah! Está quente! Isto sendo mágica,
 Que seja natural quanto comer.

POLÍXENES
 Olhai, ela o abraça.

CAMILO
 Pendura-se ao pescoço...
 Se pertencer à vida, então, que fale!

POLÍXENES
 Sim, e que nos revele onde viveu,
 Ou como conseguiu fugir dos mortos.

---

15) Paulina pede aos músicos que comecem a tocar. Também em outras peças shakespearianas, a música é utilizada para a "ressurreição" de personagens, e.g., em *Péricles*, Cerimão recorre à musica para fazer Taísa reviver, e, em *Rei Lear*, na versão *in-quarto*, o Doutor desperta Lear com música (cena 21, linha 23).

PAULINA
    Se vos contassem que ela estava viva,
    Como de um velho conto zombaríeis;
    Mas, pelo que parece, ela está viva,
    Embora ainda não tenha falado.
    Esperai um momento.
       [*Dirigindo-se a Perdita*]
                 Intervinde,
    Por favor, bela dama; ajoelhai-vos
    E, então, pedi a bênção à vossa mãe.
       [*Dirigindo-se a Hermione*]
    Voltai-vos, senhora; nossa Perdita
    Foi encontrada.

HERMIONE
                Deuses, contemplai-nos;
    Que, de vossos sagrados frascos, vertam
    Graças sobre a cabeça de mi'a filha!
    Dize-me, filha minha, como e onde
    Sobreviveste? Onde resididste?
    Como encontraste a corte de teu pai?
    Sabe, tendo eu ouvido de Paulina
    Que o oráculo nos dera esperança
    De que estarias viva, preservei-me
    Para vê-lo cumprido.

PAULINA
                    Haverá tempo
    Para contardes tudo; não deixemos
    Que nesta hora premente eles estraguem
    Vossa alegria, querendo mais ouvir.
    Ide juntos, ilustres vencedores;
    Com todos partilhai o vosso júbilo.
    Eu, velha pomba, as asas baterei
    Até um galho seco; uma vez lá,
    Pelo esposo que nunca será achado,
    Ponho-me a lamentar, até perder-me.

5.3

LEONTES
    Calma, Paulina! Aceita um marido,
    Com meu consentimento, assim como eu,
    Com o teu, tenho esposa. É o contrato
    Que com juras firmamos. Encontraste
    A minha... Como foi que conseguiste
    Resta indagar; eu a vi e a julguei morta,
    E preces fiz em vão em seu sepulcro.
    Não será necessário ir muito longe...
    Conheço em parte os sentimentos dele...
    Para encontrar-te esposo bom e honrado.
    Vem, bom Camilo, toma-a pela mão,
    Pois sua lealdade e sua virtude
    São mais do que notórias, por dois reis
    Confirmadas. Deixemos o local.
    [*Dirigindo-se a Hermione*]
    Vamos! Olhai o meu irmão. Perdoai-me,
    Ambos, por ter um dia interposto
    Entre vossos olhares tão ingênuos
    A minha vil suspeita. Vosso genro,
    Filho de Rei, mandado pelos céus,
    De vossa filha é noivo. Boa Paulina,
    Conduze-nos daqui, p'ra um lugar
    Onde, mais à vontade, nós possamos
    Perguntar, responder sobre o papel
    Que aqui representamos, neste longo
    Intervalo de tempo, desde que
    Nos separamos. Leva-nos depressa.
    Saem

BIBLIOGRAFIA SELECIONADA

AALTONEN, Sirkku. *Time-sharing on stage: drama translation in theatre and society.* Topics in Translation 17. Clevedon: Multilingual Matters, Ltd., 2000.

ABBOTT, EDWIN A. *A shakespearian grammar.* Revised Ed. London: Macmillan, 1872.

ALEXANDER, Peter. *Shakespeare's punctuation.* Annual Shakespeare Lecture of the British Academy, v. XXXI. London: Geoffrey Cumberlege, 1945.

BASSNETT, Susan. "Translating for the theatre: the case against performability". *Traduction, terminologie, redaction.* Montreal: Concordia University. v. IV 1 (1991), pp. 99-111.

─────── . "Ways through the labyrinth: strategies and methods for translating theatre texts". *The manipulation of literature,* Theo Hermans (ed.). New York: St. Martin's Press, 1985, pp. 87-102.

BENNETT, Susan. *Theatre audiences: a theory of production and reception.* 2. ed. London and New York: Routledge, 1997.

BLAKE, N.F. *The language of Shakespeare.* London: Macmillan, 1989.

BLOOM, Harold. "O conto do inverno". *Shakespeare: a invenção do humano,* José Roberto O'Shea (trad.). Rio de Janeiro: Objetiva, 1998, pp. 775-801.

─────── . "The winter's tale". *Shakespeare: the invention of the human.* New York: Riverhead, 1998a, pp. 639-61.

BOSWELL, Laurence. "The director as translator". *Stages of translation.* pp. 145-52. (Vide Johnson, ed.)

BOYCE, Charles. *Shakespeare A to Z: the essential reference to his plays, his poems, his life and times and more.* New York and Oxford: Roundtable Press, Inc., 1990.

BROOK, G.L. *The language of Shakespeare.* London: André Deutsch Ltd., 1976.

BYRNE, M. St. Clare. "The foundations of elizabethan language". *Shakespeare survey* 17 (1964), pp. 223-39.

CAMPBELL, O.J. e QUINN, E.G. (eds.). *A Shakespeare encyclopaedia.* London: Methuen & Co., Ltd., 1966.

CHARNEY, Maurice. *How to read Shakespeare.* New York: McGraw-Hill, 1971.

CLIFFORD, John. "Translating the spirit of the play". In: Johnson, David (ed.). *Stages of translation.* Bath (UK): Absolute Press, 1996, pp. 263-70.

CRONIN, Michael. "Rug-headed kerns speaking tongues: Shakespeare, translation and the irish language". *Shakespeare and Ireland: history, politics, culture,* M. T. Burnett and Ramona Wray (eds.). London: Macmillan, 1997, pp. 193-212.

CRYSTAL, David & CRYSTAL, Ben. *Shakespeare's words: a glossary & language Companion.* London: Penguin, 2002.

CUNHA, Antônio Geraldo da. *Dicionário etimológico Nova Fronteira da língua portuguesa.* Rio de Janeiro: Nova Fronteira, 1982.

DAVIS, J. Madison & FRANKFORTER, A. Daniel. *The Shakespeare name and place Dictionary.* London and Chicago: Fitzroy Dearhorn, 1995.

DELABASTITA, Dirk. "Shakespeare in translation: a bird's eye view of problems and perspectives". *Accents now known: Shakespeare's drama in translation,* José Roberto O'Shea (ed.). *Ilha do Desterro,* UFSC, Florianópolis, n. 36 (jan./jun. 1999), pp. 15-27.

_____ (ed.). *Traductio: essays on punning and translation*. Manchester: St. Jerome, 1997.
_____ (ed.). *Wordplay and translation*. Manchester: St. Jerome, 1996.
DELABASTITA, Dirk and D'HULST, Lieven (eds.). *European Shakespeares: translating Shakespeare in the romantic age*. Amsterdam/Philadelphia: John Benjamins Publishing Co., 1993.
DÉPRATS, Jean-Michel. "The 'Shakespearean Gap' in French". *Shakespeare survey* 50 (1997), pp. 125-33.
DESSEN, Alan & THOMSON, Leslie. *A dictionary of stage directions in english drama, 1580-1642*. Cambridge: Cambridge University Press, 1999.
DRAPER, R.P. *The winter's tale*. Text and Performance. London: MacMillan, 1985.
Encyclopaedia Britannica: a new survey of universal knowledge. 24 v. Chicago and London: Britannica, 1956.
FERREIRA, Aurélio Buarque de Holanda. *Novo dicionário da língua portuguesa*. 2. ed. revista e ampliada. Rio de Janeiro: Nova Fronteira, 1986.
FORTIER, Mark. *Theatre/Theory: an introduction*. London and New York: Routledge, 1997.
FOX, Levi. *The Shakespeare handbook*. London: The Bodley Head Ltd., 1988.
GOOCH, Steeve. "Fatal attraction". *Stages of translation*. pp. 13-21.
HALIO, Jay. *Understanding Shakespeare's plays in performance*. Manchester: Manchester University Press, 1988.
HEINEMANN, Margot. "How Brecht read Shakespeare". *Political Shakespeare: new essays in cultural materialism*, J. Dollimore and A. Sinfield (eds.). Manchester: Manchester UP, 1985, pp. 202-30.
HOLLAND, Peter. *English Shakespeares: Shakespeare on the English stage in the 1990s*. Cambridge: Cambridge UP, 1997.
JOHNSTON, David. "Theatre Pragmatics". *Stages of translation*. Bath (UK): Absolute Press, 1996, pp. 57-66.
_____ (ed.). *Stages of translation: essays and interviews on translating for the stage*. Bath (UK): Absolute Press, 1996.
KASTAN, David Scott (ed.). *A companion to Shakespeare*. Oxford: Blackwell, 2000.
KENNEDY, Dennis. "Shakespeare without his language". *Shakespeare, theory and performance*, James C. Bulman (ed.). London and New York: Routledge, 1996, pp. 133-48.
KOOGAN/HOUAISS. *Enciclopédia e dicionário ilustrado*. Rio de Janeiro: Edições Delta, 1995.
MAHOOD, M.M. *Shakespeare's wordplay*. London: Methuen, 1957.
MCDONALD, Russ. *Shakespeare and the arts of language*. Oxford Shakespeare Topics. Oxford: Oxford University Press, 2001.
MULHOLLAND, J. "'Thou' and 'You' in Shakespeare: a study in the second person pronoun". *English Studies* 48 (1967), pp. 34-43.
ONIONS, C.T. *A Shakespeare glossary*. by Robert D. Eagleson (enlarged and revised, 1986). Oxford: Clarendon Press, 1992.
O'SHEA, José Roberto (ed.). *Accents now known: Shakespeare's drama in translation*. *Ilha do Desterro*, UFSC, Florianópolis. n. 36 (jan./jun. 1999).
_____. "*Antony and Cleopatra* em tradução". *Antônio e Cleópatra*, José Roberto O'Shea (trad. e notas). São Paulo: Mandarim, 1998, pp. 21-33.
The Oxford english dictionary. 2. ed., J.A. Simpson & E.S.C. Weiner (eds.), 20 v. Oxford: Clarendon Press, 1989.
PAVIS, Patrice. *Theatre at the crossroads of culture* (1992). Loren Kruger (trad.). London and New York: Routledge, 1995.
_____ (ed.). *The intercultural performance reader*. London: Routledge, 1996.
POWELL, Susan L. "The winter's tale". *Shakespeare in performance*, Keith Parsons and Pamela Mason (eds.). London: Salamander, 2000, pp. 243-47.

PUJANTE, Ángel-Luis. "Traducir al teatro isabelino, especialmente Shakespeare". *Cuadernos de teatro clásico*. Madrid: *Compañia Nacional de Teatro Clásico* 4 (1989), pp. 133-57.

RUBINSTEIN, Frankie. *A dictionary of Shakespeare's sexual puns and their significance*, 2. ed. London: Macmillan Press Ltd., 1989.

RYAN, Kiernan (ed.). *Shakespeare: the last plays*. Longman Critical Readers. London and new York: Longman, 1999.

SCHMIDT, Alexander. *Shakespeare-Lexicon*, 3. ed., Gregor Sarrazin (revised and enlarged). 2 v. Berlin: Georg Reimer, 1902.

SCHOENBAUM, S. *William Shakespeare: a compact documentary life* (1978), revised edition. New York and Oxford: Oxford University Press, 1987.

——————. *William Shakespeare: a documentary life*. Oxford: Clarendon Press, 1975.

SCOLNICOV, Hanna and HOLLAND, Peter (eds.). *The play out of context: transferring plays from culture to culture*. Cambridge: Cambridge University Press, 1989.

SHAKESPEARE, William. *Antônio e Cleópatra*, José Roberto O'Shea (trad. e notas). São Paulo: Mandarim, 1997.

——————. *Cimbeline, Rei da Britânia*, José Roberto O'Shea (trad.e notas). São Paulo: Iluminuras, 2002.

——————. *O conto do inverno*. Cunha Medeiros e Oscar Mendes (trads.). *Obra completa*, v. II. Rio de Janeiro: Nova Aguilar, 1988, pp. 971-1040.

——————. *O conto do inverno*, Gastão Cruz (trad.). Lisboa: Relógio D'Água, 1994.

——————. "O conto do inverno", Cunha Medeiros e Oscar Mendes (trads.). In: *Obra completa*, v. II. Rio de Janeiro: Nova Aguilar, 1988, pp 971-1040.

——————. *Medida por medida* e *O conto do inverno*, Carlos Alberto Nunes (trad.). *Obras completas*, v. VII, 2. ed. São Paulo: Melhoramentos, s/d.

——————. *The winter's tale*. The Everyman Shakespeare, John F. Andrews (ed.). London: Orion, 1995.

——————. *The winter's tale*. The New Penguin Shakespeare, Ernest Schanzer (ed.). London: Penguin, 1969.

——————. *The winter's tale*. A New Variorum Edition, H.H. Furness (ed.). New York: Dover Publications, 1964.

——————. *The winter's tale*. The Oxford Shakespeare, Stephen Orgel (ed.). Oxford: Oxford University Press, 1996.

——————. *The winter's tale*. The Pelican Shakespeare, Frances E. Dolan (ed.). New York: Penguin, 1999.

——————. *The winter's tale*. The Riverside Shakespeare, G. Blakemore Evans (ed.). 2. ed. Boston: Houghton Mifflin, 1997, pp. 1612-1655.

——————. *The winter's tale*. *Mr. William Shakespeares comedies, histories, & tragedies*. A Facsimile Edition, Helge Kökeritz (ed.). New Haven: Yale University Press, 1955, pp. 277-303.

——————. *The winter's tale*. The Riverside Shakespeare, G. Blakemore Evans (ed.). Boston: Houghton Mifflin, 1974, pp. 1564-1605.

SHEWMAKER, E.F. *Shakespeare's language: a glossary of unfamiliar words in his plays and poems*. New York: Facts On File, 1996.

SHUTTLEWORTH, Mark & COWIE, Moira. *Dictionary of translation studies*. Manchester: St. Jerome Publishing, 1997.

SIMPSON, P. *Shakespearean punctuation*. Oxford: Clarendon, 1911.

SPAIN, Delbert. *Shakespeare sounded soundly: the verse structure and the language*. Santa Barbara: Capra Press, 1988.

SPEVACK, Marvin. *The winter's tale*, v. I. *A complete and systematic concordance to the works of Shakespeare*. 9 v. Hildesheim: Georg Olms, 1968, pp. 1214-63.

SUGDEN, Edward H. *A topographical dictionary of the works of Shakespeare and his fellow dramatists*. Manchester: Manchester University Press, 1925.
TILLEY, M.P. *A dictionary of the proverbs in England in the sixteenth and seventeenth centuries*. Ann Arbor: University of Michigan Press, 1950.
UPTON, Carole-Anne (ed.). *Moving target: theatre translation and cultural relocation*. Manchester: St. Jerome, 2000.
VENUTI, Lawrence. *The translator's invisibility*. London and New York: Routledge, 1995.
VIVIS, Anthony. "The Stages of a Translation". *Stages of translation*, 1996, pp. 35-44. (Ver Johnson, ed.)
WELLS, Stanley. *Shakespeare: a bibliographical guide*. New Edition. Oxford and New York: Oxford University Press, 1990.
——————. *Shakespeare: an illustrated dictionary*. Revised Edition. Oxford: Oxford University Press, 1985.
——————. *Shakespeare: a life in drama*. New York & London: Norton, 1995.
WESTLAKE, J.H.J. *A Shakespeare grammar*. Ph.D. Thesis. University of Birmingham, 1970.
WILLIAMS, Gordon. *A dictionary of sexual language and imagery in shakespearean and Stuart Literature*, 3 v. London and Atlantic Highlands, NJ: The Athlone Press, 1994.
WRIGHT, George T. *Shakespeare's metrical art*. Berkeley: University of California Press, 1988.
ZUBER-SKERRITT, Ortrun (ed.). *The languages of the theatre: problems in the translation and transposition of drama*. London: Pergamon Press, 1980.
—————— (ed.). *Page to stage: theatre as translation*. Manchester: St. Jerome, 1984.
ZWILLIG, Carin. "As canções de cena de William Shakespeare: resgate das canções originais, transcrição e indicações para tradução", 2 v., tese de doutoramento, orientador Prof. Dr. John Milton, USP, 2003.

*DO MESMO AUTOR
NESTA EDITORA*

CIMBELINE, REI DA BRITÂNIA

Este livro foi composto em Garamond pela *Iluminuras* e terminou de ser impresso nas oficinas da *Meta Brasil Gráfica*, em Cotia, SP, sobre papel off-white 80g.